常春藤诗丛

武汉大学卷

李少君 主编

邱华栋 著

邱华栋诗选

陕西新华出版传媒集团

太白文艺出版社

图书在版编目（ＣＩＰ）数据

邱华栋诗选 / 邱华栋著 . -- 西安 ：太白文艺出版社，2019.1

（常春藤诗丛 / 李少君主编 . 武汉大学卷）

ISBN 978-7-5513-1597-5

Ⅰ . ①邱… Ⅱ . ①邱… Ⅲ . ①诗集－中国－当代 Ⅳ . ① I227

中国版本图书馆 CIP 数据核字（2018）第 298603 号

邱 华 栋 诗 选

QIU HUADONG SHIXUAN

作　者　邱华栋
责任编辑　申亚妮
封面设计　不绿不蓝　杨西霞
版式设计　刘戈
出版发行　陕西新华出版传媒集团
　　　　　太 白 文 艺 出 版 社
经　销　新华书店
印　刷　北京彩虹伟业印刷有限公司
开　本　787 毫米 × 1092 毫米　1/32
字　数　87 千
印　张　7.625
版　次　2019 年 1 月第 1 版
书　号　978-7-5513-1597-5
定　价　45.00 元

如有印装质量问题，可寄出版社印制部调换

联系电话：029-81206800

出版社地址：西安市曲江新区登高路 1388 号（邮编：710061）

营销中心电话：029-87277748　029-87217872

珞珈山与珞珈诗派
——《常春藤诗丛·武汉大学卷》序言

    一所大学能拥有一座山，已属罕见；而这座山在莘莘学子心目中拥有不可替代的崇高地位，在当代中国也是少有；并且，这座山还被誉为诗意盎然的现代诗山，就堪称是唯一的了。在这里，我说的就是武汉大学所在地珞珈山。

    前段时间，我在网上看到一篇报道，是武汉大学北京校友会会长、著名企业家陈东升在校友会上的发言。他说："珞珈山是我心中的圣山，武汉大学是我心中的圣殿，我就是一个虔诚的信徒和使者。"把母校如此神圣化，让人震撼，也让人感动，更充分说明了珞珈山的魅力。

    武汉大学每年春天举办一次面向全国乃至世界在校大学生的樱花诗会。有一年，作为樱花诗会的嘉宾，我也说过类似的话："站在这里，我首先要对珞珈山致敬。这是一座神圣的现代诗山，'珞珈'二字就是闻一多先生给它的一个诗意命名。从此，珞珈山上，诗意源源不断，诗情绵绵不绝，诗人层出不穷。"

因此，关于珞珈山，我概括了这样一句话：珞珈山是"诗意的发源地，诗情的发生地，诗人的出生地"。在这里，我想对此略加阐释。

第一，关于"诗意的发源地"。关于诗歌的定义，有这么一个说法一直深得我心：诗歌是自由的美的象征。而美学界早就有过这样的论述：美是自由的象征。在武汉大学，很早就有过关于珞珈山上武汉大学的特点的讨论。不少人认为，第一就是自由。即开放的讨论，自由的风气，积极进取的精神。早在 20 世纪 80 年代，武汉大学就被认为是中国高校改革的试验区，学分制、转学制、双学位制、作家班制、插班生制等制度改革影响至今。关于自由的概念争议很大，但我同意这样的看法，人所取得的一切在某种程度上是其自由创造的结果。2018 年是改革开放四十年，中国目前所取得的成就，可以说是中国人民四十年来自由创造所取得的成果。珞珈山诗人王家新曾说，现在的一切，是 20 世纪 80 年代精神的成就和产物。这样一种积极自由的努力，在珞珈山上随处可见，这也是武汉大学创造过众多国内第一的原因。包括珞珈诗派，在国内高校中，也是第一个提出诗派概念的。所以，武汉大学是诗意的发源地，因为这里也是自由的家园。

第二，关于"诗情的发生地"。武汉大学校园风景之美中国公认，世界罕见。这样的地方，会勾起人们对大自然天然的热爱，对美的热爱，这是一种天生的诗歌的情感。而在这样美好的地方生活、学习和工作的人，比一般人就敏感，也更随性随意，这是一种诗意的生活方式。樱园、桂园、桃园、梅园、枫园，校园里每个地方每个季节都触发人的情感，诗歌就是"触景生情，睹物思人"，因此，珞珈山是"诗情的发生地"。在这里，各种情感的发生毫不奇怪，比如很多人开玩笑说武汉大学出来的学生，比较"好色"，好山色水色、春色秋色，还有暮色月色，以及云霞瑰丽、天空碧蓝等。情感也比一般人丰富，对美的敏感度远高于其他高校学生。而比起那些一直生活在灰色都市里的人，珞珈山人的情感也好，故事也好，显然要多很多。

第三，关于"诗人的出生地"。意思是在珞珈山，因为环境的自由，风景的美丽，很容易成为一位诗人，而成为诗人后，必定会有某种自觉性。自觉地，然后是努力地去成为更纯粹的诗人，以诗人的方式创造生活。当然，这并不是说珞珈山出来的人都会成为诗人，而是说受过珞珈山的百年学府文化影响和湖光山色陶冶的学子，都会有一颗纯净的诗心，执着于自己的追求；会有一种蓬勃的诗兴，充满激情地为自己的事业而奋斗。陈东升说，珞珈山出来的人，天性气质"质朴而浪漫"，这就是一种诗性气质。珞珈人具有天然的诗性气质，也是珞珈人特有的一种气质，它体现为一种精神：质朴，故能执着；浪漫，所以超越。

　　说到珞珈山的诗人，几乎都有单纯而质朴的直觉。王家新算得上珞珈山诗人中的大"诗兄"，他是"文革"后第一代大学生，又参与过第一本全国性大学生刊物《这一代》的创办。《这一代》是由王家新、高伐林与北京大学陈建功、黄子平，吉林大学徐敬亚、王小妮，湖南师大韩少功，中山大学苏炜等发起的，曾经轰动一时。后来王家新因出名较早，经常被划入"朦胧诗派"，他的写作、翻译影响了好几个时代，他现在在中国人民大学文学院当教授、带博士生，一直活跃在当代诗坛。家新兄大名鼎鼎，但写的诗却仍保持非常纯粹的初始感觉，让人耳目一新，比如他的《黎明时分的诗》，全诗如下：

黎明

一只在海滩上静静伫立的小野兔

像是在沉思

听见有人来

还侧身向我打量了一下

然后一纵身

消失在身后的草甸中

那两只机敏的大耳朵

那闪电般的一跃

真对不起

看来它的一生

不只是忙于搬运食粮

它也有从黑暗的庄稼地里出来

眺望黎明的第一道光线的时候

　　我总觉得这只兔子是珞珈山上的，其实就是诗人本身，保持着对生活、对美和大自然的一种敏感。这种敏感，源于还没被世俗污染的初心，也就是"童心"和"赤子之心",只有这样纯粹的心灵,才会有细腻细致的感觉,感觉到和发现大自然的种种美妙。王家新虽然常常被称为知识分子写作,但他始终没被烦冗的修辞技术淹没内心的纯真敏锐。按敬文东的说法,王家新是"用心写作"而不是"用脑写作"的。

无独有偶,比王家新年轻十来岁的邱华栋也写过一只小动物松鼠。邱华栋少年时就是诗人,因为创作成绩突出被保送到武汉大学,后来主攻小说,如今是鲁迅文学院常务副院长。邱华栋的诗歌不同于他的小说,他的小说是他人生经历和阅读学习的转化,乃至他大块头体型的体现。他的小说庞杂,包罗万象,广度深度兼具,有一种粗犷的豪放的躁动风格。而他的诗歌,是散发着微妙和细腻的气息的,本质是安静的,是回到寂静的深处,构建一个纯粹之境,然后由这纯粹之境出发,用心细致体会大自然和人生的真谛。很多诗句,可以说是华栋用自己的思想感受和身体感觉提炼而成的精华。比如他有一首题为《京东偏北,空港城,一只松鼠》的诗歌,特别有代表性,堪称这类风格的典范。全诗如下:

朝露凝结于草坪,我散步

一只松鼠意外经过
这样的偶遇并不多见

在飞机的航道下，轰鸣是巨大的雨
甲虫都纷纷发疯
乌鸦逃窜，并且被飞机的阴影遮蔽
蚱蜢不再歌唱，蚂蚁在纷乱地逃窜

所以，一只松鼠的出现
顿时使我的眼睛发亮
我看见它快速地挠头，双眼机警
跳跃，或者突然在半空停止
显现了一种突出的活力

而大地上到处都是人
这使我担心，哪里使它可以安身？
沥青已经代替了泥土，我们也代替了它们

而人工林那么幼小，还没有确定的树荫
我不知道我的前途，和它的命运

谁更好些？谁更该怜悯谁？

　　热闹非凡的繁华都市，熙熙攘攘人来人往的空港，已是文坛一腕的邱华栋，心底却在关心着一只不起眼的松鼠的命运，它偶尔现身于幼小的人工林中的草坪上，就被邱华栋一眼发现了。邱华栋由此开始牵挂其命运，到处是水泥工地，到处是人流杂沓，一只松鼠，该如何生存？邱华栋甚至联想到自己，在时代的洪流中，在命运的巨兽爪下，如何安身立命？这一似乎微小的问题，既是诗人对自己命运的追问，其实也是一个世纪的"天问"。文学和诗歌，不管外表如何光鲜亮丽，本质上仍是个人性的。在时代的大潮中，诗歌可能经常被边缘化，无处安身，实际上也不过是一只小松鼠，弱小得无能为力，但有自己的活力和生命力，并且这小生命有时会焕发巨大的能量。这只松鼠，何尝不也是诗人的一种写照？

　　一只兔子，一只松鼠，这两只小动物，其实可以看成珞珈山诗人在不同场景中的一个隐喻。前一个是置身自然，对美的敏感；后一个是身处都市，对生活和社会的敏感。这两只小动物，其实就是诗人自身的形象显现。

　　其他珞珈山的诗人也多有这一特点，比如这套诗丛里的汪剑钊、车延高、邱华栋、黄斌、阎志、远洋、张宗子、洪烛、李浔等，每个人都有自己对于美、生活和社会的敏感点，可见地域或背景对诗人的影响是自然的也是必然的。凡在青山绿水间成长的诗人，总是有一种明晰性，就像一株草、一朵花或一棵树，抑或晨曦的第一缕光、凌晨的第一声鸟鸣或天空飘过的一朵白云，总是清晰地呈现出来，不像那种雾霾都市昏暗书斋的诗歌，自己都不知道自己在发泄和表达些什么，总是晦暗和艰涩的。

当然，珞珈诗人的特点不限于敏感，虽然敏感是诗人的第一要素。他们还有着很多的其他的特点：自由，开放，具有理想的情怀、浪漫的色彩和包容的气度，充满想象力和创造力。这一切，也是珞珈山赋予他们的。自由，是珞珈山的诗意传统和无比开阔的空间，给了珞珈诗人在地理上、精神上和历史的天空翱翔的自由；开放包容，是武汉大学特有的居于中央贯通东西南北的地理位置，让珞珈诗人有了大视野、大格局；珞珈山那么美，东湖那么大，更是珞珈诗人想象力的根基，也是珞珈诗人浪漫和诗情的来源，而最终，这些都会转化为一种大气象、大胸襟和创造力。所以，珞珈诗人的包容性都是比较强的，古今中外兼容并蓄，没有拘谨地禁锢于某一类。所以，除了诗人，珞珈山还盛产美学家、诗歌评论家和翻译家，他们也都写诗。整座珞珈山，散发着一种诗歌气质和艺术气息。

总之，珞珈诗派的诗歌追求，在我看来，首先，是有着一种诗歌的自由精神，一种诗歌的敏锐灵性与飞扬的想象力；其次，是其开放性与包容性，能够融汇古今中外，不偏颇任何题材形式；最后，是对诗歌美学品质的坚持，始终保持一种美学高度，或者说"珞珈标准"，那就是既重情感又重思辨，既典雅精致又平实稳重，既朴素无华又立意高远。现实性与超越性融合，是一种感性、独特而又有扎实修辞风格的美学创造。

李少君

2018 年 10 月

我梦见黄金在天上舞蹈
自序

    这本诗集的编选，让我首先想到了我写诗的初心。我十多岁的时候就开始写诗了。后来，我上了武汉大学中文系，成了一个校园诗人。

    当时，武汉地区的高校诗歌活动非常热闹，武汉大学就有出诗人的传统，像王家新、高伐林、林白、华姿、洪烛、李少君、吴晓、方书华等，都是在我之前出名的诗人。

    我是从十四五岁的时候开始写诗的。除去唐诗宋词，对我最早产生影响的现代汉语诗人，应该是"新边塞诗群"的昌耀、杨牧、周涛、章德益、张子选们。

    我当时还在新疆上中学，能够读到的《绿风》诗刊，是我的最爱。这家诗刊出版了一册《西部诗人十六家》，是我翻烂了的书。我正好上高中，每天面对遥远的天山雪峰的身影，读着西部诗人的作品，感觉他们距离我很近，比唐诗宋词近，于是我就开始写一些新的西部边塞诗。不过，这本集子没有收录我早期学艺阶段的那些诗。因为那些诗现在读起来，有些虚假的浪漫和豪情。

接着，我读到了"朦胧诗群"诗人们的作品，对北岛、杨炼、顾城、舒婷非常喜欢。上了大学之后，我广泛阅读现代汉语白话诗人们的作品，对胡适、卞之琳、冯至、闻一多、郭沫若、朱湘、李金发、徐志摩、戴望舒、穆旦、王独清、艾青等诗人的诗都有研读，因为大学开的课程，就有关于他们的研究。

在大学里，我开始接触到更多的翻译诗，读来读去，最喜欢的诗歌流派，还是"超现实主义"诗歌。

"超现实主义"诗歌从法国发端，后来在世界各国都有杰出诗人出现。这一流派或者说有点儿这一流派风格痕迹、受到这一流派影响的诗人很多，数不胜数。几乎每个诗人，我都喜欢。在此我便不再列举那些群星灿烂的名字了，太多了。

我还广泛搜集了各类翻译诗集。翻译过来的诗当然也是诗，"诗是不能被翻译的东西"这句话，我觉得是错误的。假如你有诗心，读翻译诗，你甚至还可以还原到原诗的原本表达中。这是我自己的体会。

与此同时，我大学毕业之后当编辑，自然对与我共时空的当代汉语诗歌的写作，随时关注。这一点，在我的写作中也能看到各种影响和呼应。我觉得当今的确是一个能够写出好诗的年代，因为参照系非常丰富，从古到今，从中到外，那些开放的诗歌体系，你都是可以学习的，也都是可以激发出自己的状态的。所以，诗人不要埋怨别人，写不出来好诗，就怪你自己。

我这三十年的诗歌写作，从未停止过。只是后来我主要写小说了，诗歌很少发表和出版了。我出版过两三本薄薄的诗集，《从火到水》《花朵与岩石》等，收录了早年的诗歌。还有后来出版的《光之变》《光谱》，流布的范围都不大。

但我为什么还在写诗呢？

首先在于，写诗、读诗，能够保持对语言的敏感。人在牙牙学语的时候，就感觉到了语言的魔力。诗就是这样。我开始接触文学就是从诗歌开始的，因为，诗歌是语言中的黄金。诗的特殊性在于浓缩，浓缩到无法稀释的文字就是诗。

我收藏了两千多部中外诗集，装满了三个书柜。我总是在早晨起床后和晚上睡觉前读诗，以保持我对语言的敏感。我希望我的小说有诗歌语言的精微、锋利、雄浑和穿透力。诗歌和小说的关系是这样的：伟大的诗篇和伟大的小说，只要都是足够好，最终会在一个高点上相遇。

对于我来说，写作诗歌是我保持语言鲜活度的唯一手段。1992年，我大学毕业来到北京工作，开始感到日常生活和现实生活对我的诗歌表达的巨大压力，我找不到更好的方式来写诗，就写得少了。但是，我到今天也从未间断写诗，只是写作量少了。最少的一年，也写了两首。后来我对小说的写作投入的精力更多。

所以，出版这本自选诗集，对于我很有意义，那就是，检视一下自己的诗歌创作的历程和道路，收获和缺失，更重要的是我的生命的自我成长的路径。因为我的大部分诗篇，都带有自身生活的影子。有时候，有的诗就是写给自己一个人看的。

这本诗集的编选，最终还是以风格作为杠杆。一共分为三辑，每一辑的时间代表一个时段。第一辑收录了1985年到1989年的作品，作为一个留影。第二辑是一辑命题作文，是我于2012年在克拉玛依为油田写下的。第三辑是2016年应蒋一谈兄的邀请，所写的截句集。因此，三辑作品的美学反差、时间跨度都很大。大部诗都载明了写作的年、月、日。个别的到月，没有具体的日期。我觉得，标明创作时间也很重要，因为诗就是个人和时代、时间与环境的不断协商和邀约。

这本诗集还收了李少君和霍俊明的两篇评论。少君是我们珞珈诗社的前任社长，我的师兄，他对我也非常熟悉。霍俊明是多年前唯一给我当时出版的诗集写了评论的批评家。我自然再一次收录了他对我的诗歌作品的分析文章。

"我梦见黄金在天上舞蹈"，这是多么好的一句诗，我拿来作为我这本诗集自序的题目，表达我写诗时的那种追求自我超越和探寻语言黄金的高蹈心境。

邱华栋

2018 年 2 月 28 日

重读邱华栋："吱呀"声中拨转指针

代序一

　　华栋将三十年间的诗，挑挑拣拣，归置分类，从岁月沉暗的抽屉里重新寻找出来晾晒，让大家再次品评，这不仅需要勇气更需要自信。而对于写作的历史来说，谁都逃脱不了时间和诗学的双重"减法"。甚至这本诗选也没有收入邱华栋在新疆时期受到新边塞诗群影响的早期诗作，因为在他看来那是带有"虚假的浪漫和豪情"的。但其实也未必尽然。这显现出诗人的自我筛选和要求，但似乎很多作家都难以挣脱"悔其少作"这一类似于魔咒般的法则。而对于一个诗人或作家而言，早期的诗和现在的诗有时候很难一刀切开，说这一段是现在的，那一段是历史的，实际上二者更像是一条河流的关系，现在的诗歌无论风浪多大气象如何蔚然，但总归有你最初源头的元素或斑驳的影子。当然对于一本诗选来说，必然是"减法"使然。要想知道三十年来邱华栋整体的"诗人形象"，他早期的诗歌也不容错过。其实，这些早期的诗也值得重读。转眼，与邱华栋相识也有十几年的光景了。据他说，我还是第一个给他的诗歌写评论的人。时间大约是在2005年的6月。实际上，我还曾给邱华栋做过一次访谈，后来收入2008年他出版的诗集《光之变》中。时间的深处，唯有诗歌碎片还在暗夜里闪亮，偶尔刺痛你的中年神经。

邱华栋无疑是一个具有重要性的小说家，而我作为一个诗歌阅读者多年来却一直读他的诗。2005年6月在花园村读完他的《18年诗选》，此后他也经常自印"限量版"的诗歌册子。每次都是在参加文学会议的人群中迅速地塞给我。这多像当年的地下党接头！而这正是诗歌的秘密，读诗带来的是朋友间的欢愉。我认为这是兄弟间的诗歌信任。记得在2013年的春天，绍兴，江南的雨不大不小地斜落下来。在去沈园的路上，邱华栋又从怀里迅速掏出一本自己刚刚出炉的热气腾腾的诗集。一看封面，更让人期待——《情为何》。这本诗集与江南的沈园气氛如此融洽。那是一本火热而沉静的爱情诗选，那一瞬间，烟雨的沈园似乎已经被邱华栋灼灼的情诗烫伤。

邱华栋曾是意得志满的少年诗人，赶上了那个火热的诗歌黄金时代。他是幸运的，这在很多业内人士看来是如此。但在我看来，这更是一种诗学的挑战。在一个风起云涌的诗歌年代，大学生诗歌和校园诗歌以及先锋诗歌的热潮滚滚，能写诗且坚持下来并能够获得最终认可的诗人寥寥无几。而邱华栋幸运地找到了那匹鬃毛发亮的诗歌黑马。邱华栋成了通晓各种骑术且最终找到并确定了自己诗歌方向的骑手。而对于邱华栋而言，他比之其他诗人还具有另一种写作的难度和挑战。有时候，诗歌与"知识"和"阅读"之间并非是进化论式的相互促进。当然这并不是说"知识"和"阅读"对诗人和诗歌写作没有裨益，而是说其中存在的潜在危险。自古"诗有别才""诗有别趣"，即使诗歌与"知识"有关也必然是"特殊的知识"。邱华栋是小说家中阅读西方文学最多的作家之一（也有可能可以去掉这个"之一"），反正其阅读量惊人。甚至这种阅读差不多已经与西方的文学发展达到了同步。华栋的家里有三个空间。一个空间放大量的书籍，一个空间放红酒，一个空间放置自己的诗稿和大量古今中外诗集。我能够想象深夜的时候邱华栋从外散步或约会回来，在房间里一边品着红酒、一边读书、一边写诗的"资产阶级高大上生活"。而大量

18

的西方小说和文学阅读以及小说写作，对于诗歌的影响则是正负利弊多方面的。即使 1990 年以来诗歌界津津乐道的"叙事性"与小说的叙事也完全是两回事。况且阅读成为惯性之后很容易导致诗歌陷到"性情""趣味""抒情""吟咏"之外的套路或桎梏中去。而重新翻检阅读邱华栋的诗歌，我之所以说这是一个难得的诗人，一个具有写作个性的诗人，完全来自他的"诗人形象"的自我塑造。其中最为重要的一点就是刚才说到的他并没有坠向"小说家诗人"的路上去，而就是一个"诗人"在写作。这至关重要，而邱华栋深得其法。

重读这本诗选，我是从后向前读完的，这样能更清晰地回溯邱华栋诗歌的成长轨迹和自我完善的过程。"语言的敏感度"，邱华栋深谙此道。这是诗人成长和成熟最关键的所在。语言，实际上关乎诗歌整体的和全部的纹理、肌质和构架。语言不单是技巧和修辞，更是一首诗"完成度"的核心。因为语言不仅是一个诗人的表达习惯，还涉及一个诗人经验、情感、想象的视域和极限。而几十年能够在书桌上摆放这张"语言敏感度"的字条，并且能够在写作中践行的诗人，是可靠的。这种可靠必然是诗学层面上的。

"轻型"的诗与"精神体量庞大"的诗是一种什么关系？在很多专业读者和评论者那里二者很容易被指认为两个截然不同的阵营。但是，邱华栋则刚好通过诗歌完成了这一诗学疑问。在邱华栋这里，他的诗歌几十年来几乎不涉及宏大的诗歌主题，也就是从惯常意义上来看属于"轻体量"的写作——轻小、细微、日常。但是这些诗歌却在多个层次上打通和抵达了"精神体量"的庞大。这实际上也并不是简单的"以小搏大"，而是通过一个个细小的针尖一样的点阵完成了共时体一般的震动与冲击。具体到这些诗歌，我提出更为细小的几组关键词。这些关键词不仅是来自邱华栋的个人写作，他在作品中对这些关键词平衡得非常好，而且还在于这些关键词与每个诗人甚至整体性的时代写作都会有着切实的参照和启示性。这些关键词如果能够被调节和践行到诗歌中，诗歌将会呈现出可贵的质素。这些关键词组是"看见"与"写出"，"冥想"与"现实"，"抒情"与"深度"，"个人"与"历史"，"细节"与"场域"，"行走"与"根系"，"纯诗"与"伦理"，"体式"与"气象"。这些关键词组实际上正好构成了一组组的诗学矛盾，也就是每一组都很容易成为写作上的矛盾和对抗关系。而只有优秀的诗人才能予以平衡和打通。当然并不是说邱华栋在每一个关键词组上都能够做到没有缺陷，而是说他的写作让我们提出了这些重要问题。

这是一个在黄昏回家的路上透过车窗清点冬日树上鸟巢的诗人。这是清点，也必将是时间的挽歌和语言的生命"乡愁"。

也许，再过十年、三十年，这个诗人仍然会打开抽屉，清点那些诗歌。然后在一个清晨或黄昏，在喧闹的人群中走近我，迅速从怀里抽出一本满怀温度的诗集。

霍俊明

2015 年 3 月

繁花深处，诗人之心如鸟啼鸣
代序二

　　不知道为什么，每次读华栋的文字，就会想起美国诗人路易斯·辛普森写的《美国诗歌》一诗，诗里称："不管它是什么，它必须有 / 一个胃，能够消化 / 橡皮、煤、铀、月亮和诗。"确实，文学都应该有一个强大的胃，消化一切，而华栋就有这样的胃。

　　华栋比我小，属于少年成名的那种。当年作为校园文学天才被保送到武汉大学，再加上一表人才，天天围着一条白围巾，在珞珈山的樱花大道上做五四青年状，早就迷倒了一大片无知少女和痴情女子。而且华栋还很有江湖英雄气息，那正是周润发之类好汉形象走红的年代，华栋那种架势就是男人中的种子形象。所以，华栋是校园男神的不二人选，是女生心目中的偶像，男生暗地里羡慕嫉妒恨的对象。走出校园后，华栋也比较顺利，迅速进入中心城市北京，在当年风靡一时的《中华工商时报》任职。那几乎就是 20 世纪 90 年代初商潮初起的一个中心，华栋置身于中心中的中心。当大多数同龄人还在为生存苦苦挣扎不得不暂时远离文学的时候，他随便写几篇小说就成了"新市民小说"的代表人物，小说里全是时代最炫的场景人物，在摩天大楼下霓虹灯中闪烁的纷纭意象，而华栋穿梭其中，把自己也整成了一道亮丽的文学风景。后来，华栋成了《青年文学》主编，再后来，华栋成了《人民文学》副主编，越来越有文学掌门人的派头。

也许是一直置身于时代和文学中心的原因，华栋的视野极其开阔，包容性也很强大。但让我吃惊的其实不是他这些身份，而是他阅读量之大、游历之多、交游面之广，着实让人印象深刻。

大约八九年前，我和华栋在三亚开会。那一次，会后听他谈小说，整整四个小时，仿佛华山论剑，别人说到的所有古今中外的小说他都看过，而且娓娓道来，如数家珍。我从高中到大学，规定自己每周读一本名著，持续多年，觉得自己也算阅读量较大的人，但比起华栋来，差距怎么就那么大呢！而且可气的是，这两年，尤其我到北京后，发现他还特别喜欢在微信上晒自己最近在读什么书，一晒往往又是一堆，而且文学、政治、经济、哲学什么都有。这让我茶饭不香，心中焦虑，神经高度紧张，最终气急败坏，每每一见到他，就恶狠狠地攻击他怎么这德性，这么爱显摆，还让不让人活啊，他这样搞得大家压力很大，每天处于忙碌追赶心力交瘁之中，迟早崩溃不可。另一次，则是和他去新疆，了解了他的出身经历。华栋从小在新疆昌吉长大，昌吉移民很多，各民族混杂，华栋从小就是吸收多元文化营养长大的。新疆是一个让人能开阔视野的地方，历史悠久，人口流动性大，文化极其丰富，地形地貌各地不同，从绿洲到草原到戈壁滩再到沙漠，应有尽有，这些都极有视觉冲击力，所以华栋在这样的环境中成长，其观察能力描述能力综合能力非一般人可比。

有意思的是，华栋不仅精神胃口好，身体胃口也好，能吃能喝，心宽体胖，体型也开始往歌德、庞德这样的大师的架势长。而他的好脾气，使他朋友也特别多，如果说得八卦一点，他几乎是一个"万人迷"。我发现我认识的人他基本都认识，而他认识的有些人会让我觉得应该是另外一个世界的人。这或许与他当过记者、走南闯北有关，也与他作为"名流"、一直生活在聚光灯下、粉丝众多有关，更与他性情豪爽爱广交天下豪杰有关。

这让我对他的佩服常常如滔滔江水连绵不绝。而且，这是真心话，非客套之言。华栋如此魅力四射，有评论家开玩笑说，这么多年来，邱华栋本身就构成了一个"邱华栋现象"，他总是能制造一点什么出来，或者作品，或者行动，或者充满激情的言论，或者突然华丽转身又换一个工作岗位。总之，总是要出人意料，与众不同，让芸芸众生如我等大跌眼镜，让网络微信时代热爱围观热爱流言蜚语和窃窃私语的人们热议。

那么，这个"邱华栋现象"后面到底有什么？就像我有时候想，华栋吃下这么多，最终化成了什么？直到读了华栋的诗歌，我才似有所悟，就像一句诗所说的：大海的深处是宁静，而华栋心灵深处其实一直保持着一份纯粹和宁静，他以纯粹之心体悟世界与人生。

邱华栋的诗歌不同于他的小说，他的小说是他人生经历和阅读学习的转化，乃至他大块头体型的体现，他的小说庞杂，包罗万象，广度深度兼具，有一种粗犷的豪放的躁动的风格。而他的诗歌，是微妙的和细腻的，本质是安静的，是回到寂静的深处，构建一个纯粹之境，然后由这纯粹之境出发，用心细致体会世界和人生的真谛。这些诗句，可以说是华栋用自己的思想感受和身体感觉提炼而成的精华。比如华栋有一首诗歌《京东偏北，空港城，一只松鼠》，特别有代表性，堪称这类风格的典范。全诗如下：

朝露凝结于草坪，我散步
一只松鼠意外经过
这样的偶遇并不多见

在飞机的航道下，轰鸣是巨大的雨
甲虫都纷纷发疯
乌鸦逃窜，并且被飞机的阴影遮蔽
蚱蜢不再歌唱，蚂蚁在纷乱地逃窜

所以，一只松鼠的出现
顿时使我的眼睛发亮
我看见它快速地挠头，双眼机警
跳跃，或者突然在半空停止
显现了一种突出的活力

而大地上到处都是人

这使我担心，哪里可以使它安身？

沥青已经代替了泥土，我们也代替了它们

而人工林那么幼小，还没有确定的树荫

我不知道我的前途，和它的命运

谁更好些？谁更该怜悯谁？

　　热闹非凡的繁华都市，熙熙攘攘、人来人往的空港，而忙忙碌碌、绝不寂寞的华栋，心底却在关心着一只不起眼的松鼠的命运，它偶然现身于幼小的人工林中，就被华栋一眼发现了。华栋由此开始牵挂其命运，到处是水泥工地，到处是人流杂沓，一只松鼠，该如何安身？华栋甚至联想到自己，在时代的洪流中，在命运的巨兽爪下，如何幸免？这一似乎微小的问题其实是一个世纪"天问"。文学作品，不管外表如何光鲜亮丽，本质上仍是个性化的。在时代的大潮中，诗人、作家也不过是一只小松鼠，弱小但有自己的生命力，并且这小生命有时会焕发出巨大的能量，华栋的很多作品就有这种能量。

　　华栋的诗是很细腻的，这种细腻来自他内心的关怀与同情，这应该归功于他的诗人本性。因诗的本质就是同情与悲悯，诗人以一己之心体会万物，所以必定细致而敏感。王夫之早就说过："君子之心，有与天地同情者，有与禽鱼鸟木同情者，有与女子小人同情者……悉得其情，而皆有以裁用之，大以体天地之化，微以备禽鱼草木之几。"华栋就总是有着悲悯之心，一种普遍性的广大的悲悯，一首题为《江西的白鹭》的诗歌将这种悲悯表现得淋漓尽致，全诗如下：

从南昌到井冈山，农民在路边插秧
白鹭在水田中浮现，它们亲近水牛
或者干脆飞起来
姿态优雅、轻松，有一种醉人的美

似乎有三种白鹭，花脖子的
纯白的，以及头顶有彩色花冠的
以无垠的绿色稻田为背景飞动
画出一条条看不见的弧线

而美丽的风景镶嵌在
人民劳顿的画框中

插秧人直起腰来，太远了

我根本看不见他的脸，他的辛酸

这是在江西的大地上

河山秀美壮丽，可农民

那些以白鹭为友的插秧人啊，一年到头

为什么仍旧那么苦，那么穷？

　　华栋由欣赏风景看到背后的人，看到人的辛苦和酸楚，继而激发更深远的想象和思考，这是诗人才会有的同情与悲悯。华栋的诗歌风格，大体如上。他总是在观察，在感受，在思索，在体会。他以单纯的诗人之心，表达他小说之外的另一种看法。

　　华栋的诗歌当然不止一种风格，他的包容性决定他有着更大的胸怀。华栋还写过不少别样风格的诗歌，比如《玫瑰的头颅》这样痛楚抒情的诗歌，《上海的早晨》这样撕开时代真相的诗歌，还有一些隐喻诗和口语诗，等等。但总体而言，我觉得诗歌是华栋心灵深处的后花园，里面虽然也是万紫千红，但繁花深处，诗人之心如鸟啼鸣，有时轻声细语，有时哀婉悲伤，有时也有欢快喜悦，这本自选集就是这样的一部展现其多种声音的诗集。

李少君

2018 年 3 月于北京呼家楼

目录

辑一

八十年代

辑二

石油史

辑三

闪电：截句集　　　179

辑一

八十年代

远方来信

灯下看信

表盘内滑过声音

天上星星明灭

脸上的表情也明灭

不知不觉

到达了黎明

1985 年 2 月 27 日

3

嫩芽

那一片嫩黄的芽太调皮了
等我走到近处
却又隐没在乍暖还寒的春风里

1985 年 3 月 2 日

零的形象

卵石

鸡蛋

眼球

恒星和星星

句号

碗和盆

车轮

现在我看见了车轮

1985 年 3 月

树

树

白杨

一棵树

一棵白杨

有一棵白杨

也许不是白杨

站在戈壁滩边上

用身躯造一片阴凉

把僵死的土地变活了

苍白的天地之间变绿了

你悄然不动就实现了诗意

种植着微笑和春意盎然

让小鸟在空旷中落脚

让我的眼睛湿润了

让草和种子发芽

让羊群回来了
让路弯曲了
挺
直
腰
杆
论证自然

                    1986 年 8 月 28 日

冷景色

我走向原野
所有的情绪都瞬间被冷冻
有五个闪光的乌鸦
忽然在我的眼前飞过
我此刻，茫然若失
茫然若失

还是转身离去吧
回去，走回去
离开那些乌鸦，离开
那空茫茫的大地坟茔

1987 年 3 月 12 日

8

晕眩

我被一个光圈所俘获
在一个没有眼睛的季节里
我的身体在旋转
所有的东西都被我呕吐而出

此刻
我感到我的肉体依然存在
但是我感到晕眩
晕眩

1987 年 4 月 15 日

皮匠之歌

一

百兽不说话。有一叶生命的小船

自黑夜的唇间悄然驶来

大钟在此际急骤被敲响

有一种喊声越来越嘹亮了

哎呀，大地开始起伏如潮

幸福如潮，痛苦如潮

金黄的季节已经接近尾声

大簇的银箭从天降落

均生长成一种启示：等待诞生

七十七只黑鹰以其冰冷的铁翅

在天宇点缀成一个图案

均分布成一种象征：等待新生命

万山静默。有一丝微弱的光亮

从幽暗的地平线渐渐显影

咚咚的心跳擂动树林

洋槐花纷纷凋落：为铺成一条芳香的道路

蓝蚂蚁应运而生

以辉煌的阵容，向大地提醒：

海将涨潮，而皮匠即将诞生

古木溢散沉香

三百只青鸟仰慕般匝绕成千丈期望

深匿于硬锐之山石中的琚瑾粲然生光

一切阴暗霎时明亮

都只为一个期待：等待皮匠诞生

而这时地母开始躁动了

有百万匹野马跃然飞奔于千里大草原

有千万彩蝶翩然飞舞于万木之林

轰隆隆八十八处岩浆冲天喷薄而出

以最炙热的宣泄向上苍发出宣言

天地开始倾斜

猛犸和恐龙开始惊悸——我的妈

于八荒九州之冰山轰然崩塌摧垮的同时
皮匠
诞生了！
天空以九十九条闪电与雷鸣的交合
编织成一张巨大的光网

二

于是在罡风中他快速生长
采日月之精英
吸朝露夕晖之译
迎风而起，他的眼睛睁开
当所有松针覆盖他的全身
当所有的肌体膨胀出力量
他开始用步子丈量前景
丈量通往彼岸的路
万年冥语在他脚下徐徐展开
成为广袤的衍生幻想的图景
他浑身闪光的鳞片开始脱落

而前方，黑色之潮网罗明光
以阴暗的潜伏，向一切书写警语
向前
大片荆棘猛然割破了他的血肉
他扬起信念之刀之斧横斩猛砍
千滴血液溅为八瓣之花
沾满五色鹿的全身
带刺的杀手们纷纷倒下
而在他身后，歌声像小麦一样扶摇而长

他继续向前。洪水之网织就肆虐
从胸上他割下一块肉
向洪荒边走去，撒成千里的风景
于是天和地猛然拉开距离
于洪水退却的大陆板块之上
五谷已全部低头，向他表示敬仰

他继续向前。前方有暴君踩过的傲笑
百种猛兽恶禽吞食人的弱小
他以信心做剑，受太阳风百天涤荡淬火

与之大成三百天。天空阴暗。血流成沃野
而当山一样巨响过后
所有的姑娘都开始编织赞美的花环

他继续向前，举起勇猛之弓，奔走万里
将九颗太阳射杀为千万碎的镜片
而从此人的希望，不再被幻为虚天的燃气流
生灵们的诅咒，不再在地面裂为千丈深的大沟
所有的土地开始重新说话

他继续向前。而天将渴
地栋倾外，天空阴暗。日月晦而无光。
而他大步向前，伸出双手，托住
大地震颤，所有的声音响起
他的皮肤、喉咙、咆哮剥落　而毛发丛生
于最后一声雷电走过
天和地，从此由混浊而明亮
而远处火山萌动。人类在熟睡
他的眼睛紧张成日月
于火山开口的一刹那

他扑身向下，以钢铸之躯
堵住岩浆之通道，使大地永久地无言
而这最后一扑
成为镜头般的殉葬
皮匠死了……为最后一次的搏杀！
大片大片的红色花沃然生发于所有的大地
桂花桃花纷纷摇落

三

千百柱凄凉的祭香升起
在空中织成最哀痛的花圈
海开始咆哮，冈开始哭号
盐水漫了过来，围他成不死的岛
他的头颅升华为一只白鸽，两千只紫风
在天宇中走成生的启示，死的回想

为什么，皮匠死后
叹息总是像泡沫一样

浮在他黑色的石碑上

为什么皮匠死后

悲哀总是像野草一样，到处生长

大海铺开幽蓝的封面

开始收纳哀叹

洪水仍在肆虐，鼠疫成灾

人的奸笑生锈

鱼的触角重新延伸

乌鸦漫天飞舞，编织咒语

地下暗流汹涌奔流，侵蚀辉煌

呵，阳光流溢，如泪，如千古之泪

为什么皮匠死后

叹息总想织成一只花篮

为什么皮匠死后的秘密

阳光总是暖暖地结在姑娘的眉宇

而皮匠黑色的石碑不倒

万物总要承受阳光

血红的晚霞泛滥成接生的罗床

等待新生婴儿

大海开始涨潮了

涨潮了

1988 年 1 月　新疆昌吉

威胁

你就这样走近我了

穿着一身黑衣裳

肩上蹲着一只鹰

你长了九双眼睛吗

那是洞穿所有生灵的黑眼睛

但是没有眼白吧

你举起了你的手臂

我看见很多的肢体正被你撕扯

黑血四溅

发出丝绸般扯裂的声音

我醒了

而此时星光流溢

在我的脸上成混浊的液体

内心的草叶倒伏

陷入更深的物质

无数的生命早已是鸟儿

但都失去了翅膀

大海也将肋骨裸露

去承受全部黑夜

我的一切开始退潮

呵，死亡的声音已深深嵌入身体

开始萌发　如滚动的红色熔岩

1988 年 2 月 1 日

命运

我的鸡眼突然增多
是里根总统下台那一天
这使我想起了一九七八年
甘地夫人遇刺的时候
"四人帮"也倒台了

五岁时我喜欢站在高墙上
朝下面撒尿
第一泡就落到了市长的脖子里
就像我妈宰鸡
一刀切掉了她的拇指

为何我成了对眼
是因为有一天风太大
我不知趣，朝天吐一口唾沫

结果糊了自己一脸

这一切不是现象
而是本质

其实这就是命运

1988 年 4 月 29 日

还原

够了，你们！从床底下，从烟囱里

从树叶的另一面，和被虫咬出的窟窿里

从所有的洞穴

以及灵魂的城堡里

从谎言中飘出的烟圈中间

从夜的垂暮和云雾之中

从墙角的蛛网，和飘洒的彩虹上

从庄严的徽章后面

全都给我出来！

我会教所有的七岁以下的孩子们

一字排开撒尿的队伍

用最本真的鲜活水流

冲倒你们

我这才相信天是蓝的，雷有回声

1988 年 5 月 4 日

大清洗

自此：狂暴的洁净之水开始飘飘洒洒

向这个世界

包括田野和山林。包括城市和铁路。包括灵魂和面孔

一张天宇和地母张开的水的大网

一次混浊和秩序的更迭

一片喧哗和沉寂的组合音响

一种吐故纳新的全景式躁动不安

有的只是腾腾而起的变裂革新的气泡

有的只是新旧交合渗透的汨汨声响

只是钢和铁摩擦出的崭新火花

请你听：刷刷的洗涤声中响起杂沓的倒塌

该腐烂的一定要腐烂

该清洗的一定要清洗

该新生的一定要新生

其实有的只是一片轰然的倒塌声
有的只是一片破土而出毕剥的爆芽声

1988 年 5 月 5 日

顿悟

香木之火已燃了五千年
还是没有人引火为自身涅槃

我身披红外光涉江而来
我执雄性生殖器之图腾跨汗血宝马而来
在我身后，时间全部扬为尘土沉淀
我怎能乐之人忘忧
而我击掌向前，临欧亚大陆西岸昂首远望
看太平洋上帆影迭现
最前的队列无我母亲飘扬的布衫

既然愚昧已疯长成森林
不肯舍弃大陆
只有我愤然，割破血脉
燃火自焚以求涅槃

火之蝶翻飞扇转

痛楚。焦灼。撕肺裂肝！

一声脆响，烟火悄然静灭

一轮新的太阳于我掌中

裂为晶莹的千万碎片

1988 年 5 月 5 日夜

号叫

一声号叫
接着便是野性的声波漫过慌乱的城市
便是所有苍老诡秘的面孔蓦然回首
他们都悬居于高台
便是下水道的污浊之水立时淤塞

一片凝固的雕塑，如火成岩，滞留不动

接着一群争抢尸肉的乌鸦腾空飞起
便是蓝蚂蚁般的人走出暗红色古堡
便是所有的帘幔之后伸出各样的嘴脸窥视

一阵真正的慌乱，如世纪之末
接着便是每一个人的背上背着一块石板
眼睛上刻着十字架

惶惶然向木樨地集结

一声号叫。又一声。

1988 年 5 月 6 日

栅栏中的豹

目光被切割成呆板整齐的碎方块
思想之翅也飞不出去，空间如此狭窄
此时谜一样的春天已走过去二十遍

一阵急切的喘息，焦虑开始来回走动
步音因徘徊而沉重杂沓
可前面有好风景

一阵低音的咆哮，天地浓缩为定格
空气开始污浊，肺呼吸道急促，没有新鲜氧气

渴望被切割成整齐的碎块，筑为坚固的方厦
谁也走不出去

终于我举起带血的爪，将自己一劈两半

才走出栅栏

前面真有好风景
我开始香甜地啃我的鞋子
和我的脚趾

1988 年 5 月 7 日

门

在我高烧 100 度的时候
一声尖叫，我大步走向沼气池
为的是把自己粉碎
冶炼成喷射火花的燧石
送给每一个燃放着生命火苗的
看不见空气和花的盲人
却在一次沐浴之后
被抢走了腰带

我开始向左走去
所有的黑锁向我表达一百种不信任
我又向右走去
所有的墙上没有窗，而门均关闭着
用同一的面孔
面对着我

在门内，传出蛆虫的欢歌
我无可回归

最后我也站成了一扇门
门上有锁，墙上也没有窗

1988 年 5 月 7 日

晚霞

因即将幸福地死去而变得热血充盈
天空，此时呈现出一种回光返照的密语喃喃

我心为之翩然扇动
橘子水一般清爽

终于蝶之彩翅化为渐渐暗灭的一撮灰
蝙蝠开始满天空交织箴言

我蓦然升起，居于蛛网之中
向黑夜辐射思想

1988 年 5 月 9 日

33

视线

我发现你长出一只角
而他浑身的鳞片闪亮
就像她的大象鼻子
总是不停地分泌月光

母亲的头顶繁生出蘑菇
小孩子纷纷长了胡子
总统以仙人掌自居
杀人犯全部爱上了鸽子

太阳躲在云彩里遗精
乌鸦也会掐指算命
就像猴子能缝制乳罩
偶像们在高处撒尿
炮制了很多虚幻的彩虹

1988 年 5 月 10 日夜

34

偈子

即将死于信仰的人们
渴饮了所有的热血
正在修筑房屋的人们
即将死于隆隆的倒塌

1988 年 5 月 10 日夜

天才

一只毛毛虫在树上爬

一个婴孩在地上滚

悬崖上，一只鸟蛋在巢中安睡

水中，晃动着我的倒影

而我则看到了一只蝴蝶

一位圣人

一只黑鹰

和一匹渴饮的天马

1988 年 5 月 12 日

黄昏

听见一种喃喃的音律缓缓流溢
仿佛咿呀的童语

我还听见一阵水波轻轻荡漾的涟漪
慢慢扩展而开
水中央一只高脚蚊嗡嗡扇动翅膀
去贴近水面

其实有的仅仅是黄昏，一切静如止水

只是听见斑斓的颜色
在宣纸上洇开的唰唰声响
我只是听见冰块在阳光里融化的一阵咔嚓声

其实有的仅仅是猫头鹰的眼睛开始闪光

有的仅仅是渐渐暗灭的纸灰，悠然扬起来

1988 年 5 月 14 日夜

背叛

黎明的时候

我转过身来

背对太阳

将一束束阳光

撕扯成碎条

围成一道篱笆

我开始在里面

精心编织

发黑的理想

1988 年 5 月 15 日

墙

在我的体内有堵墙

墙上开了个窗

窗台上伸出一颗脑袋

只长了一只眼睛

向外眺望

1988 年 5 月 12 日

手势

我朝你伸出手掌

食指微曲

接着中指和小指

向你躬身示意

后来又攥紧拳头

只露出大拇指

左右晃动三圈

啤酒瓶内封存的你

砰地喷吐白沫

1988 年 5 月 15 日夜

怪胎

突然之间

你的眼睛灭了

接着从你的耳朵里

伸出一双手

你的皮肤上印有斑马的条纹

头上疯长出两只鹿角

就连鼻子

也开始延长

彼岸在向你招手

一只孤鸿，飞来

1988 年 5 月 16 日下午

偈语

在阴影中生长怪胎

在暗室内显现真实

因前进而跌倒的人

不是都能树成里程碑

就像大马哈鱼

杀死自己是为了下一代

请相信梦吧

因为它是第二张嘴和舌头

发出的声音

1988 年 5 月 18 日

夜话

夜晚真静

我的朋友

一起走进月光里好吗

我知道　因为心灵上的碑石

和你眼睛里的十字架

使得你　不能回家

那么

我们走进月光里好吗

那里没有虚伪的城堡

也许有泪

但那一定是甜蜜的忧伤

把手给我　把手

给我　好吗

对　就这样

我们就这样拉着手

走进月光里去

所有的蟋蟀　我知道

还有所有的树叶

都在弹奏

透明的音符

叮当作响

就像我的眼睛里

温柔的光亮

1988 年 6 月 9 日夜

精神病人

这一刻，我站在太阳被收买的地方

神情高贵而安详

黑色的风涤荡我的眉宇

星光，叮当作响

敲起了世界最后的晚钟

麻雀，这人类媚俗的使者

漫天飞扬，仿佛纸币的碎片

是的，就像阳光铺在无边的荒原

蚂蚁在腐肉上欢快地爬着

我的血管像芦苇的根一样

在历史的回廊中蔓延开来

你听，那里一直有澎湃的血的喧响

你们的面孔均光彩四溢

就像古墓里埋藏多年的月亮

阴冷而又潮湿

我不能再容忍这一切

包括你们的语言之塔、目光之船

以及散发着异味的肢体

看吧，在镜子的背后

反射的全是另一种图像

金属的光和蛇

我这就走，不带走一句咒语

我只带走我的童贞

然后在爱情交织的屋里

慢慢地睡去

你们均亮起猩红的手掌

手上无一例外刻着城堡

看吧！在凡是有人的地方

都堆积着发霉的誓言，残破的梦想

我爱这世界

是的，正因为如此

明天的清晨

哪里都不会再有我的身影

随着阳光生长

远方，圣洁的冰峰之上

那里有一只雪豹清洗阳光

1988 年 7 月 30 日

光明的超度

通往你的路上电光闪动，黄雾弥漫
黑鹰之啄布为礁石，引诱初次下海的人
而你高高在上，在人类的视野之上
在物的存在之上，宛如一块岩石
踏着逝川之水上的古铜色岁月
我们，走向你
风在我们的脸上晶结为血
而你除了接纳逃亡的人
决不怜悯任何一个朝圣者

一切都是真实的，包括你
谁都不会因为创伤而忘了你的圣谕
看吧！在向你匍匐而去的人中间
有多少手捧花环的犹大！
而空间交叉，仿佛智慧的底盘
你的根无所不在，包括万物

天空因之而为你倾倒，佛塔垂首
在对你的礼赞中，我们甚至可以杀死自己

此刻，一种颜色缓缓铺开
十万颗露珠反射着虔诚
群山的毛发耸立
所有的嘴巴发出同一种声音：
超度我吧，超度我吧超度我吧——
你站立着，在天空的最深处
将一只圣杯，慢慢捏碎
于是河流、山冈、村落、人群
到处都有了你的恩惠

我来到你的面前，只带着盐和匕首
因为这些原本就是对称的
如同世界的本原：爱和力量
那一阵烟雾的升腾中，你，与我同在
在人类的目光所及之上
到处都在回响
超度我吧，超度我吧

1988 年 8 月 5 日

大雷雨

闪电的根须猛然飘吐，而后又飘然陨落
紧接着这一刻是雷声碾过头顶
起风了，风将皮鼓奏响
十万种声音一起呐喊
像狼烟一样弥漫
呵，大雷雨，大雷雨，青春的大雷雨
若一场骚动、紧张、迷乱、狂暴的大风
以太阴的名义，迅疾地从黄昏那里
卷向我们蓝色的年龄

一千万颗雨滴，像葡萄一样铺展下来
在天空，在山谷，在森林，在我们的脚下
砸碎、碰裂成闪光的晶体，渗入土地
到处都是蜜的气息
到处都是生命的呼吸

而我们向前走去，肩膀上有风

手心里有汗，眼睛里有虔诚

三百种激情在我们的血脉里奔涌

八千个愿望在我们的头顶上成熟

我们向前走去，胸膛里有风

祈祷吧！奔跑吧！倾听吧！高叫吧！

天空，响过奔腾的百万匹烈马

世纪的琼浆，浇灌我们青绿的年轮

我们，一齐开放出绚丽的面孔

在我们胸中，岩浆奔涌

洋流澎湃、壮观，血与火的交融

在我们的手掌和额顶

勇敢和智慧这两种金属元素

摩擦出铿然作响的电火花

所有的河流都在醒来，鹰们都在高飞

所有的喇叭都在喧响，火车在风中疾驰

我们的手臂都在挥舞，旗在天空中飘扬

我们，挺直成满山的塔松

用坦荡的胸怀，迎接这激昂的青春

在天和地之间，在水和泥土之间

在时间和空间里

大雷雨，劈砍出颂歌的闪电

大雷雨，大雷雨

大雷雨！

于暴风骤雨中

1988 年 8 月 6 日　昌吉

无题

这一刻是在夜晚

我慢慢地走着

仿佛是从另一个世界而来

大街上人很多

都镇定而且麻木地

玩着游戏

以最能表现的姿态

让日光灯——这假冒的太阳

给他们涂上的虚荣定格

少女们浅薄而且媚俗

他们都这样活着

镇定而且麻木

我不能容忍

不能容忍

多少年以后

所有的时间和空间

以及人们的面孔

都会死灭成灰烬

在黄昏将临的时刻

所有的石头里

都会轰响着

我悲愤的声音

而所有的陆地

都纷纷沉沦

1988 年 8 月 8 日

悲剧

在每一处时间的影子里
处在同一空间的人们
都在演戏
可谁也不清楚
在他们头顶
还悬着另一种结局
谁都在肤浅地笑着
庸俗地打闹，或撒娇
用蚂蚁的尺度
来衡量着生活、历史和宇宙
在月亮怀孕的时候
全都庄严地空想
自己最接近真理
……
你们看吧，在时空里

种种悲剧

多么丰满

1988 年 8 月 8 日夜

真理

我是一个矛盾的动物
我的浑身
长满了矛盾的倒刺
每时每刻
我都用左手
去打右手
用上牙去揍下牙
用左眼去瞪右眼
用左睾去碰右睾
用左脚趾去踩右脚趾
而传奇却十分奇异：
我的所有器官
都发育得非常良好
而且茁壮

1988 年 8 月 8 日夜

旷世凄凉

突然之间　天就冷下来了
这一切显得那么不可思议
我在星空下走着
感到的只是寒冷
这是八月的天空和夜晚
那么空旷
就像被飓风洗劫过的海面
我感到的　是窒息的清凉
而黑夜的最幽深处
正在发出绝望的回响
也许三千年以后
同样会有一位诗人
同样也患有先天性心脏病
同样也绝望地爱着
和期待着一个人

那一天夜里　同样

天空突然降低了温度

他感叹着

为了这冰冷的世界里

艰难地存活的人们

流下了眼泪

你们听呵

到处都是　都是

玻璃的碎响

1988 年 8 月 9 日　夜

忧郁的天空

我的周身浸泡着寒冷
秋季的天空阴暗潮湿
在它的覆盖下
我的朋友们四分五散
有的在流泪，有的
在月光下纵声狂笑
谁也不能够安慰谁
就像在网中蹦跳的鱼
命运的手指正拨弹着什么
天空中轰响着黑色的语言
以乌云的姿势
慢慢铺展，铺展
掩埋了所有的星光
而时间，这无耻的小偷
在暗处偷走了我们的衣服

我摸着我丛生的胡须，和裸体

深深地凝望天空

那里，流动着忧郁的回声

在我体内，所有的骨节

咔咔作响

1988 年 8 月 11 日

劝说

我的朋友

别那么绝望

你的愿望永远不能满足

我也是

我的朋友

外面是城市

城市外边是河流

河流的尽头是大海

不能选择帆

还可以选择岸

我的朋友

你可以在细雨的街上走走

只要你一个人

你可以爬到最高一层的楼顶

随便向四下张望

尽可能嘲笑蚂蚁般的人类

或者可以

搂住一个漂亮的姑娘

说一些莫名其妙的疯话

我的朋友　你都震惊

别那么绝望

你什么都厌倦了

还可以坐下来

随便找一张无字的纸

写写诗

1988 年 10 月 18 日

云境·心境

以固体的三棱体四方形五角状堆积
天空
此刻，呈现出来万种难言的境界
环状相围

我是涉水的人
我仰望这碧海澄天。这么亮
我激动。我感叹。我忧郁
涉水之声哗然，亦复寂静
我乃远行的游子，无恋人伴行

一种蔚蓝自我头顶徐徐褪下
我前进，有涉水之声复响
我涉水前行，带动着风

遥遥的彼岸山体蓬松。峥嵘

我潸然泪下，泪珠叮当作响

我复前行

渐远……渐远……在云境之上

在心境之中

背影伴着哗然的涉水之声

我的衣衫像孤独的黑鸟

穿行。在纷纷凋落的季节之中

1988 年 10 月 20 日上午

一种宁静

好久了　我都没有得到过宁静

这是一种境界

我觉得我很庸俗

庸俗得就像世界本身

今天我感到温暖

我感到有一种美的旋律

在我心中盘旋

仅仅有了这就足够了

我幸福得战栗

我得到了一种宁静

在今天

我感到温暖

1988 年 11 月 13 日

预感

这几天我老是右眼皮跳

看来这实在很妙

于是我旷了一天课

坐在宿舍里琢磨

后来情况果然奇妙

一只只老鼠在向我送着秋波

而且她们个个都很美丽

她们个个都是双眼皮的

你说这多么美好

老鼠们排着队向我频送秋波

我幸福得快要晕倒

后来龙伏佑进来了

他大发醋心

庄严宣布宿舍的老鼠小妞

全都是因为他的臭袜子才来

所以说夺朋友之爱是混蛋

于是高象这个道貌岸然的小子进来

他庄严宣布他和老鼠小妞接过吻

他说刚才他就亲吻了一只

长着黑痣的老鼠小妞

后来史小民走了进来

这时全部的老鼠小妞　一哄而起

向他频送秋波

醒着的蜉蝣被惊醒

大家一哄之下

赶走了史小民

每个人开始发表演说

老鼠们疯狂鼓掌

1988 年 11 月 13 日

妈妈

这时候已是十一月

天很冷

家乡一定都下雪了

所有的树枝和屋檐

都挂满了晶莹的音符

我想象着母亲

早晨刚刚起床

静悄悄地把什么都做好了

才去叫醒父亲和妹妹

我想象着她去买菜

小心地在冰上走着

不小心会跌一个跟头

一定摔得够呛

没有人去扶她

她自己缓慢爬起来

我想象着她

像往常一样

在阳光下的雪地上走过

唤着她的几只鸡

落下了许多凌乱的脚印

我想念我的母亲

我想象着她

半头白发在灯下飘拂

她在缝制衣服

头深深地埋下去

仿佛在营造一项工程

有时候会忽然抬头

发一会儿呆

自言自语地念叨

说远方的儿子

就要回来了

我想念我的母亲

我知道她在睡梦中

总是听见有人敲门

她去开门的时候

总是一愣，然后很惊喜

抱住归来的我

我想念我的母亲

在早晨醒来的时候

没有看见儿子

眼中总是落下来

几滴透明的忧伤

1988 年 11 月 21 日

红船搁浅

阿拉干的潮汛突然来临
丹丹，冰块已经在春天的手掌上融化
跟我走吧，在死海的岸边
从七个小矮人那里，驶来了一条红船
有一只白鹭，张开翅膀
在阳光的眼睛里浮现

我的手指轻轻弹拨你琴弦般的黑发
你的笑靥之湖轻轻承接我的默然
丹丹，你不要用手去拍它
我怕湿漉漉的艰难旅程的烟雾
会弥漫橘黄色的风景线

丹丹，回声还没有被埋葬
樱桃的红果子，蛀满了冬天的谎言

我们走吧，因为拥有一条红船

到一个地方，那里用黑陶罐盛装湖泊

有几只青鸟，悠然走过蔚蓝的沙滩

1988 年 12 月 19 日

美丽的死亡

菊子，在夏季你是一枚青果

高悬于葱茏的季节之上，等待着成熟

七月的风吹拂着，你像一只铃铛

快乐地在风中摇响

你属于白鸽的翅膀

在你的手心里聚集着露珠

在你的身后，没有阴影延长

菊子，在夏季你是一朵花苞

悄悄地探出临街的窗口，等待着开放

你的愿望在洞箫中生长

所有的树叶，还有蟋蟀们

都在为你编织葡萄一样的梦想

菊子，你不会料到

命运的蝙蝠群

已经从黑夜那里领了赏

开始在你的头顶盘旋

你像一只斑贝，留在了退潮的沙滩上

太阳陷落之后，一只手

猛然把你从夏天那里夺走

菊子，那一刻你的眼睛里

爬满了蜥蜴和蝗虫

我还活着，菊子

每年的今天，我都会写一首诗

让它在阳光下嗡嗡地焚化

我在上面种满了祝福的白蘑菇

在你安居的地方，有一只蓝蝴蝶

正在悄悄地降落

1988 年 12 月 31 日

三年前的一个下午

那是个秋天　树上挂满了金黄的格言
我是一块沉默的石头　浮出季节的河面
时间已经被虫子蛀得千疮百孔
回忆的落叶　从我的头顶飘落下来

有一个不到六岁的女孩
像一束柔和的光
突然切入了我的视线
她悄悄地追捕一只红蝴蝶
像一艘停停靠靠的船
航行在草坪的河流间

她就像一只鸟　在我的记忆中鸣叫
一边蹦跳　一边啄着哗然的阳光
这时候有一种美　在天空中开放

时光把一切都变成了化石

我还在倾听　在猜想

那一个下午　有一只雪豹

在冰峰之顶剪辑阳光

1988 年 12 月 31 日

去年的今天我感到温暖

去年的今天

一切都还是冰冻的雕塑

世界纯得像童话

我裹紧了衣服

拒绝着风的亲昵

走在肠子般的小巷里

有一个姑娘

穿着橘红色的羽绒服　美丽　洒脱

同我擦身而过

她悄悄看我一眼

我悄悄看她一眼

目光随即若无其事地移开

走过去好远

我突然感到温暖

这使我想起了出生前

在母亲子宫里的日子

此后许多时候

我一直感到宁静　和谐

去年的今天　因为一个偶然

我感到非常　温暖

1989 年 1 月 3 日

困兽

有一种声音无法穿透墙

仅有的窗口

只能放飞渴望

而不能呈现目光

蜜蜂们点燃了翅膀

音箱在四面墙上轰响

我已相信

唯一的自我就是占卜

在记忆中拼凑发黑的太阳

1989 年 1 月 9 日

墙：喃喃自语

墙上悬挂着翠绿的岁月

而主人深隐其中

不能自拔

没有外人的时候

往事是一场大雪

掠夺走了所有的露珠

而你只能保留画框

墙诉说的不是愿望

超度这一切吧

我们不得不谋杀时光

1989 年 2 月 14 日

旧房子

在冬天　旧房子更老了
变得白发苍苍
所有主人的记忆
都被冻成了冰柱
挂在你窗台的睫毛上
我从遥远的地方归来
见到你忽然就凄凉

里面的一切如旧
就像午后的阳光
含在燕子的嘴里
到今天我才突然明白
没有生命的房间
比有生命的人
更深情

1989 年 2 月 4 日

无鸟之夏

没有鸟鸣的表达

就少了一种方式

投合，或远离

都是惧怕禁果的还原

我渴望疯狂地旋转

在颠倒的真实之中

那祭台高筑，高筑

一种爱情立即被杀死

而这时，夏天的旋涡

带来的都是木瓜凋落的消息

就连上古的陶罐

也袅袅冒出神女的炊烟

包围草莓的战场

小鸟们排列死亡的方阵

呆板而又镇定

被天空所泄露

所以在夏天只有面对鸟笼

去雕刻那些发绿的日子

如果有一声突然的鸟叫

所有的往昔

才会迅速醒来

1989 年 3 月 29 日

丢失了影子的孩子

曼杰斯塔姆，五十年后的今天

我从旧杂志中读你

这时你像孩子一样

从岁月的森林里走来

西伯利亚的云潮湿而又沉重

像抹布一样笼罩着你

你眼睛里的鸟不再鸣叫

声音也随之喑哑

可你还在走着

为了去找回被冰雪覆盖的脚印

你的诗脆弱而又明亮

像石头上不灭的花

一群乌鸦跟着你

你没察觉

世界对于你只是一个花园

你想不到杀戮和血

乌鸦们突然出击

衔走了你的影子

那是在一九三八年的冬天

集中营里生长着死亡

在一间屋子的四壁上

留下了你的呼吸

那是诗，和你永恒的生命

你像鸟儿一样

掠过了一九三八年冬天的天空

影子脆弱而又明亮

1989 年 5 月 2 日

我看见孩子们

我看见孩子们正在夏天的躯体上繁殖
孩子们的笑容在夏天成熟，被收割
我看见孩子们正在被夏天所完成
所有的鸟儿
掠过了我灵魂的深红色天空

噢，夏天的太阳，停在孩子们的手上
我看见夏天的鹤追逐着萎灭的影子
那些雏菊，在草地上被风所收回
泥土的内容在孩子们的眼睛里悬垂
成为渴望，和血一样的憧憬

最后我看见孩子们扇动着翅膀
飞快地掠过了我们阴沉的眼睛
进入了夏天深红色的天空

1989 年 5 月 18 日

诗歌

噢，诗！我多么渴望接近你

我在阳光下的沙砾中找你

我用钢笔写作，雕刻你

可你在哪里

狂然之间，我像树叶一样

悬浮在空中

我探手去抓诗、空气

什么也没能抓住

有一种声音总是在呼唤

我不能抗拒，不能

我在大地上挖掘植物的根茎

躺在冰冷的岩石上我看见天空全部的血

和我的一起流尽

1989 年 9 月 20 日

纯粹

我行走
我的足音落在空谷
像花朵纷然开放
诗的猫头鹰倏然掠过头顶

我倾听
我的耳朵在夜间飞翔成蝙蝠
捕捉黄昏，织成预言的网

在阳光之海里我漂浮
青草依次亲吻我的脚踝

最后我抓住了一把羽毛，一束光
我感到我在疾速上升

1989 年 9 月 25 日

今年秋天的岁月感

秋天之中，我老是找不到自己的影子
我听见沙子，在一个地方流淌
人是飞鸟，迷失或陷落
金属的阳光一直是这样
听着沙漏，我的心安宁而又凄凉

在夏天闪烁的是另一种玻璃
我们被浓荫覆盖，我们的皮肤和手
都在歌唱。我们的腰肢
可以像水草一样摇摆
果实饱满，深沉
向地面垂悬出一种姿态

我被一条河所困，沙子
水声，谁在等待着我

月亮的阴影轻轻舔动衰草

这一切再也不会

在明天的青铜里醒来

                              1989 年 10 月 8 日

雪原上的光头

雪被阳光锻打。雪穿过
声音和铁，雪和鸟与树对话
在冬天的雪原上，我的光头
很纯粹。我的光头里充满着
麦子，金属的诗，水分充足的语言
我的脚不和头发接近

在冬天，蔚蓝的风穿透着雪
衣服和影子。树木向天空投诚
鸟的翅膀在风中倾斜
雪花的液汁饱满、晶莹
他们是音乐夺走的我的头发

我的光头和阳光相遇，一片哗然
是水中泅渡的蟋蟀

没有头发的光头里充满空气

棉絮一样的云，软软的铁

和语言的火苗

在冬天，我和我的光头

平稳地，滑向黄昏

1989 年 10 月 8 日

沉默

所说的话已变成鸟群隐入时间
我不能再和绿荫合谋
鸽子衔走了一丝水痕，穿过沼泽
我把门牌号记清
像一块石子，沉进水底

我不再是夏季的歌者和诗人
我用语言烹饪，倾听神秘的沙子
我想象着古代的诗人们
铭刻寒意的鱼，游走在
他们的血液里，是个什么滋味

去年的话已变成去年的灰尘
今年的话要等待着另一个嗓音
在一场凉雨过后，石头

变得透明

我穿过玻璃、水、空气

进入被珊瑚围拢的甬道

开始安宁地停泊

醉心于被黑暗浸泡的，一种空旷

1989 年 10 月 8 日

辑二

石油史

地名：克拉玛依（组诗）

青石峡

青石峡，顾名思义就是有青石头的峡谷

青石峡里的石头上
从很早的时候就有人刻上了字和画
那些字如同符咒
那些画上的人在围猎
在欢乐地舞蹈，或者在繁殖
举行人间生产、繁衍的仪式

青石峡，一个开端
从青石上的那些先民的留言开始
这里就有人了
有了新的人，在这里开垦
在荒凉的峡谷里，有一天会升起炊烟
于是有了炊烟

炊烟是人点起来的，有炊烟了
就说明峡谷里有人了

峡谷里的人是来干什么的？
是来找寻什么的？
他们在天地之间缓慢地行走
成为大地之间的音符

青石峡是一个大地名
青石峡是一个开端
在峡谷里
走出了克拉玛依人

黑油山

什么是山？
高高的、隆起于平原的岩石，就是山

不，也许那只是丘陵
不是山

好吧，山是高高隆起的
比丘陵高大的土堆

那么，黑油山是什么山？
黑油山是往外面冒油的山

为什么黑油会从山体里冒出来？
因为有压力，大地给山以压力
山就往外面冒油

奇怪了，咕嘟嘟地往外冒的
是黑色的、黏稠的东西
那是什么？是什么东西？

往外面冒的是黑色的油
黑色的黏稠的油
人们把那些油拿回去
可以烧，可以干别的，可以提炼
可以做很多东西
这些黑油全是宝贝

黑油山，到处都是汩汩冒黑油的泉
有的被沙土填塞了
可是大地之下仿佛有什么
在和大地之上的东西呼应
仍旧在汩汩地冒油
现在还有九眼黑油泉

最奇特的是在山顶上
有一眼最大的油泉

有时候一天可以取油二百多斤

浓稠的黑油啊

好了，这里从此就叫作黑油山吧

就叫作克拉玛依

乌尔禾

乌尔禾，蒙古语是套子的意思
因为这里草木繁盛
猎人和牧民经常在这里下套子
把黄羊、鹿、野兔子和土拨鼠抓住
然后吃掉它们
这是人类的生存逻辑

下套子的地方就是陷阱
就是阴谋
就是不可预测的
和充满了可能性的地方
那就是乌尔禾

乌尔禾是准噶尔荒原的一部分
荒原就是什么都没有的荒芜的虚空

乌尔禾啊，你的荒凉让我呜咽

乌尔禾荒野的边缘，还有一条白杨河
河水盘绕而过，成为绕在乌尔禾脖子上的
珍珠项链

乌尔禾，你的怀抱是宽广的
如今这里已经是绿树成荫
到处都是绿洲
我是到了这里才知道了绿洲的概念
就是在死亡的地方可以种植生命的地方
就是乌尔禾

乌尔禾，我来了，我看见了
我走了，我带走了你给我的嘱咐
因为大地最终会记住每一个人

独山子

独山子是哈萨克语，意思就是油山
说明这里和克拉玛依这个词汇
是一样的意思，那就是
这里有油山

独山子，一个很早
就有人群聚居的地方
如今到处都是楼厦和石油设施
到处都是一派繁忙

我告诉你这里有什么：
汽油、煤油、柴油、润滑油
石油焦、沥青、石油酸、聚丙烯
化工产品、机械制造和电力设备

还有，漂亮的姑娘和小伙子
那些石油系统的工作人员
在这里成家立业，生儿育女

独山子，从来都不是孤独的
独山子是热闹的，到处都是可能性
生活美好地在这里萌芽
城市规划整齐，街道宽敞
街灯明亮，市民步态安详

还有东湖公园，喷泉花园
大型铜雕准噶尔明珠
新疆石油学校，都是独山子的新内容
新符号和新象征

独山子，一个有着无限可能性的地方
把新的形象留给了我们的想象

白碱滩

白碱滩，一个鸟飞过去
都不拉屎的地方
只有茫茫的荒滩上
长着的一些骆驼刺
和芨芨草

白碱滩，哈萨克语叫作
结然布拉克
意思是黄羊泉，除了黄羊来喝水
没有什么人能活下来

茫茫的荒原上是更为苍茫的大地
鹰飞得很高
盘旋在一只蜥蜴的上空
蜥蜴不动，它也在盘旋

最终只好失望地离开

白色的碱滩上，土拨鼠在劳作
它辛苦地挖洞
是为了防止被晒死吗

白碱滩，风吹动戈壁滩
海市蜃楼的幻影在浮动
人间天堂在远处召唤

白碱滩上，后来克拉玛依人来了
他们战盐碱，征荒滩
硬是在白碱滩上建立了一座石油城

这里还有机械化的养鸡场
温室大棚里的蔬菜
使白碱滩彻底改换了名字

有人，就有了一切

百口泉

也许这里有一百口泉水
可肯定都是不能喝的
那水的苦涩和咸味
会让你皱起眉头

也许这里没有一百口泉
只有一口泉，一百口泉是路人的想象
因为他们路过这里
太口渴了，就想象这里有一百口泉

这里曾经叫作敖东布拉克
是蒙古语，意思是星星泉
那么，看来这里的泉水
一定曾经是星罗棋布

百口泉令人浮想联翩

百口泉令人口内生津

百口泉令人望梅止渴

在这个一望无边的戈壁上

现在，一眼带盐碱的泉水

都看不到了。这里还是一片荒草滩

这里有一个采油厂，还可以生产蔬菜

百口泉成了克拉玛依的菜篮子

小拐

小拐，一个美好的名字
是因为玛纳斯河在这里拐了一个弯
而得名

小拐，轻巧秀丽的名字
古代的时候这里还有一座驿站
就叫作小拐驿，来往的客商
和军马，在传递和平或者战争的消息

通往阿勒泰
这里是必经的要道
稍微一拐，我们就上了正道

小拐，还有一座兵营
在这个要道上，地势平坦

适合耕种，虽然缺水
却是棉花生长的好地方

我觉得小拐是一个浪漫的名字
可能有一对恋人，在这里相识
相恋，然后分手
一拐弯，一个人的身影
就消失在另外一个人
的泪眼里

小拐，现在我来了，我在路口
沉默了一会儿，然后拐弯
重新上路

魔鬼城

魔鬼城，真的有魔鬼吗

到了晚上，似乎有千万个魔鬼
在叫唤，在呻吟，在咆哮

魔鬼城，真的有魔鬼吗
真的有魔鬼的声音和形象吗

在魔鬼城里行走
我看见了定型的魔鬼
化身为千万座凝固的土堆

那些土堆让我想象力丰富
它们狰狞、扭曲、夸张、丑陋
如同被压榨、撕裂和挤压的人体

不断地被时间侵蚀

魔鬼城，其实是风的杰作
是风在侵蚀着地貌
使那些地貌逐渐地
成了风蚀洼地
就成了魔鬼般的躯体

而晚上发出的千百种声音
都是那些孔穴和歪曲的
身体发出来的

你要是战胜不了恐惧
你要是害怕死亡和魔鬼，你就是怯懦的人
你就不要去魔鬼城

你要是想变成勇敢的人
你最好去那里度过一晚
千万个魔鬼在晚上将对你进行考验
你通过了，没有被外面的魔鬼和你的心魔

所吞噬，那么

你就是一个

大写的人

准噶尔翼龙

九十九条龙曾绞杀在这里
如今还留下了龙骨
化作逶迤连绵的天山山脉

九十九条龙绞杀在这里
成为时间中的骨骼
被流沙吞没，直到时间使它们再次浮现

那些准噶尔翼龙被埋藏在大地深处
直到有一天露出地面成为活化石

准噶尔翼龙，一个新确定的恐龙的名字
出现在克拉玛依的郊区
那片荒滩上
以战斗的姿势，死亡的美丽

以被时间封存的姿势
永远地凝固了生命

准噶尔翼龙，你还会复活的
因为你还有灵魂
不死的是你的精神
在亿万年的打磨中
从来都没有丧失
你从大地深处
会重新站起来

准噶尔翼龙，一个恐龙的名字
象征着一个新的品种
给我们描述了一个恐龙横行的世纪

在准噶尔翼龙被发现的地方
油田的井架和抽油机在不停地忙碌
新的油龙管道，正在大地上被焊接
和架起来

硅化木

硅化木，硅化了的木头
在时间的大海里，树木这么柔软的
东西，都变得这么坚硬
是我所没有想到的

硅化木，是玉石化了的木头
在时间的侵蚀下，自身毫不妥协
结果变成了木头
这是沧海桑田的伟大作用
使事物改变了原来的面貌

硅化木是神奇的木头啊
我看到了木头的纹理
看到了木头的性格
看到了石头的外形

看到了时间作用的力量

生物的尸体可以变成石油
树木的尸体可以变成硅化木
沧海可以变成桑田

在时间和空间里
我变成了一只穿越时空的飞鸟
我想栖息在那些远古的大树上
重新成为飞翔的翅膀

克拉玛依素描（组诗）

友谊路，准噶尔路

友谊路和准噶尔路
形成了一个十字交会
成为克拉玛依最繁华的地带

我漫步在这两条路上
看到了商店鳞次栉比
看到了一种时尚和消费的面貌

年轻人喜欢徜徉在这里
在酒吧、时装店穿梭
而退休的老人则在人行道上漫步

这里的草地、卵石、溪流和城市雕塑
以及那从路边商店里传来的音乐
构成了一个新的世界

拔地而起的高楼
玻璃幕墙里反射着空中的白云
孩子们欢闹着穿过街区

浓烈的现代风格
在这两条街道上呈现
摇滚的，多元文化的，青年的

路是一种象征，往北是友谊
往东则通向准噶尔盆地
那里是古尔班通古特沙漠的边缘

友谊路，准噶尔路
你就像一个人的骨骼
把克拉玛依的形象支撑

克一号井

一九五五年的一天
就在准噶尔盆地的边缘
一片荒凉的戈壁滩上
展开了中国第一场石油大会战

克拉玛依油田一号井
就诞生在那一年，从此
这里就不断地扩展
并跨入中国的四大油田行列

我在克一号井附近漫步
没有别人，这里那么安静
纪念碑上的浮雕却都开始活动了
再现了当年的拼搏和奋战的场面

那是人和大自然的较量
也是大自然对人的馈赠与和解
那是地球给人的安慰
也是人对自身的顽强挑战

从这里出发的，是中国石油工业的步伐
从这里诞生的，是自力更生的伟大力量
从这里传播的，是人定胜天的顽强精神
从这里凝固的，是克拉玛依的光辉形象

克一号井啊，现在没有了硝烟
也没有了战天斗地的热火朝天
可是我依旧可以在一片宁静中
看到无数已经消失的石油工人的脸

克拉玛依的馕和其他

在克拉玛依我吃到了各样好吃的

买买提的烤馕又黄又香

这两千年历史的烤饼

在特制的馕坑里烤制

最大的叫作艾蔓克馕，有脸盆那么大

最小的叫托克西馕，有茶杯那么小

最厚的叫吉尔德馕，有砖头那么厚

中间还有一个窝窝眼

此外还有油馕、甜馕和肉馕

品种超过了五十种

我根本就吃不过来

吃馕的方法也有很多

可以就着奶茶，也可以掰碎了放到肉汤里

或者放在西瓜里吃，味道都很独特

还有一个新的菜肴叫作馕包肉

是以馕作为托盘，上面放上烤肉

你可以连馕带肉一起吃

味道简直没得说了

其他的还有什么？

阿不都热西提的抓饭

是用大米、羊肉、胡萝卜、洋葱、葡萄干

混合了清油焖熟的

营养丰富，叫作十全大补饭

吃了就长寿

那拉提的红柳木烤肉串

撒了细盐、孜然和辣椒粉

嗞嗞冒油，香气扑鼻

还有老回民餐厅的香辣凉皮子

佳味火锅城的火锅、老马拌面馆的面

小陶椒麻鸡、眼镜虾王的炒虾

黄面大王的黄面

以及土尔洪的烤包子和薄皮包子

都是让我流连忘返的美食

引水大渠和黑油山公园

在克拉玛依有一条碧玉一样的带子
就是引水大渠，将这座屹立在戈壁上的新城
装点得充满了灵气

有水就能活，如同画龙点睛
这引水大渠穿越了城区
使城市忽然就有了鲜活的性格

而黑油山公园则如同定海神针
确定了城市的来由和坐标
并把人们的记忆召唤

黑油山外溢的原油与沙石混杂
形成了两亿年的历史
凹凸不平，酷似月球的表面

引水大渠和黑油山公园

一动一静，一水一山

让我忘情在这山水之间

九月文化酒吧

塔河路 26 号

是九月文化酒吧

酒吧主人是一对年轻夫妇

男的是摇滚歌手

女的是画家

推开酒吧的木头门

进入你眼帘的

却是海子的诗句:

"面朝大海,春暖花开"

说明了酒吧的文艺气质

在左侧的墙上

还有德国诗人里尔克的

《秋日》中的片段:

"让秋风刮过田野

让最后的果实长得丰满"

你可以在纯木桌子边坐下

要一杯浓烈的或者清淡的酒

在灯光摇曳的气氛里恋爱

玄想和发呆

这会使你想起来你在德国法兰克福

的酒吧

和巴黎塞纳河边的

另外一家酒吧

度过的时光

一瞬间，时间和空间就这样

被编织成闪亮的、重叠的回忆

沙漠游泳馆

进入克拉玛依游泳馆

我惊呆了

这个游泳馆竟然十分豪华

诞生在沙漠和戈壁的边缘

透明的游泳池水

点染着孩子们的笑声

姑娘小伙子鲜亮的泳衣

凸凹错落，起伏跌宕

形成了青春亮丽的风景

南美洲的奇花异草

和非洲的热带植物

竞相在这里生长

冰凉的水汽在升腾

立即降低了身体的温度

使你安心于

游泳馆里的清凉

悄然赞叹

这人间的夏日奇迹

不是在美国的拉斯维加斯

而是在克拉玛依

克拉玛依文化广场

很多城市都有自己的广场
比如北京，就有天安门广场
是全体中国人精神的集聚地
那么，克拉玛依也有一个
自己的文化广场
所谓的广场，就是人们可以休息
和自由漫步的地方
是一个城市的公共空间
体现了一座城市的性格
在克拉玛依文化广场
建筑的布局非常讲究
轴线、对称和反差
呼应、协调和错落
形成了这个广场开阔
开放和开朗的性格

无论是政府建筑

还是花坛、喷泉、路灯

雕塑、小道和回廊

草坪、地砖和音乐

都构成了一个和谐的整体

成为城市向心力的体现

成为市民精神休憩的圣地

克拉玛依文化广场

人们在这里闲庭信步

自信满满，安闲舒适

把城市的性格写在了脸上

石油，石油（组诗）

石油生成之谜

石油的成因现在有两种说法：
无机论，认为石油是在基性岩浆中形成的
有机论，认为是各种有机物比如动物、植物
特别是藻类、菌类、贝类、鱼类等
死后埋藏在不断下沉和缺氧的
海湾、潟湖、三角洲、湖泊等地区
经过多重的物理化学作用
最后，逐渐形成了石油

在博物馆里，我凝视水晶容器里的
一滴石油。解说员告诉我
至少需要两百万年，这滴石油才能生成
现今已发现的油田，最老的达到了五亿年
科学家说，在地球漫长的演化中
一些特殊时期

比如在古生代和中生代

不知道什么原因导致了

大量动植物的突然死亡

于是，其自身的有机物质不断分解

与泥沙或碳酸质沉淀物等

混合组成了沉积层

沉积层的形成是一张温床

沉积物不断地堆积和加厚

导致其内部的温度和压力上升

随着这种过程的不断转变，时间塑造了其形状

沉积层变为沉积岩，进而

形成了沉积盆地

这就为石油的生成

提供了基本的地质环境

接着，伴随着各种地质作用

沉积盆地中的沉积物不断地堆积

温度和压力也达到一定程度

沉积物中动植物的有机物质

就转化为碳氧化合物分子

最终，生成了石油和天然气

这是一种流行的说法

还有另外的说法，解说员说

比如，非生物成油的理论

是天文学家托马斯·戈尔德

在俄罗斯石油地质学家库德里亚夫切夫的

理论基础上发展的

他认为，在地壳内已经有许多碳

这些碳本来以碳氢化合物的形式存在

它比岩石空隙中的水轻

因此，就沿岩石缝隙向上渗透

石油中的生物标志物

是由居住在岩石中的、喜欢热的微生物

形成的，与石油本身无关

比如，美国的一项研究表明

有不少枯干的油井

在经过一段时间的弃置以后

仍然可以生产石油

所以，石油可能

并非是生物生成的矿物

而是碳氢化合物在地球内部

经过放射线作用之后的产物

这样的说法，为我们打开思路

找到了另外的一条路径

最终，石油的生成，还是一个谜

我们可以继续去猜这个谜底

石油的聚集

石油不像水

聚集在水库中那样

老实地聚集在沉积盆地里

最初形成的是岩石：生油源岩

零星的石油，就透过岩石的孔隙

被挤压到压力分布更低的

岩石裂缝和孔隙中

直至停留在被完全封闭的

储集岩中被封存起来

像在时间的容器里的琥珀

储集岩是聚集石油的岩石

储集岩形成了储藏石油的地质环境

圈闭构造

它阻止石油被渗透和转移

挥发和流失

石油的这种聚集方式

就如同水被一块海绵吸收那样

逐渐地在地下饱满了起来

正因为有了储集岩和圈闭构造

石油才能安静地在地下定居

像等待出嫁的黑姑娘

等待发掘者的到来

中国石油的起源

我告诉你，在公元九七七年

北宋人编著的《太平广记》中

就出现了石油一词

那种黑色的油，被正式命名为"石油"

是在沈括的《梦溪笔谈》里

这种油"生于水际，沙石与泉水相杂，惘惘而出"

形容的就是石油往外面冒的情形

在"石油"一词出现之前

人们还称呼石油是"魔鬼的汗珠"和"发光的水"

中国人还叫它"石脂水""石漆"和"猛火油"

都从它的表现上描述了它的性格

很长时间里，也许已经有一百年了

我们开始渐渐地依赖上了石油

在我们的生活中

到处都是石油及其附属品的影子

不知道大家注意了吗？

想到了吗？我想，没有人去注意这些

汽油、柴油、煤油、润滑油、沥青、塑料、纤维等

还有很多！这些都是从石油中提炼出来的

而我们日常所用的

天然气和石油液化气

是从专门的气田中产出的

通过四通八达的输气管道和气站

输送到千家万户

掌握了我们的锅碗瓢盆

掌握了我们的饮食起居

在我们的生活中

石油，默默地构筑了我们的现代生活

掌控了经济发展和人性的演化

我们却并不察觉

如果有一天没有了石油

我们到底该怎么办

我们会不会回到石器时代

重新拿起那些木棍

追赶猎物，互相屠戮

钻木取火，在新的冰河期里

孤独地哆嗦

原油的颜色和成分

在克拉玛依油田，我看到
原油的颜色非常灿烂
有红色的，像一种果酱
有金黄色的，如同黄金
有墨绿的，像是一种神秘的玉石
还有黑色的，就像时间的颜色
有褐红色的，如同活着的某种液体动物
甚至是透明色的，近乎不存在。

原油的颜色是怎么形成的？
我告诉你，是它本身所含的
胶质和沥青质的含量
决定了原油的颜色和质地
胶质和沥青质含的越高，颜色越深。
原油的颜色越浅，其油质越好

透明的原油

甚至可以直接加在汽车油箱中

直接供给汽车以动力

如同一个透明的人

会为更多人喜欢一样

原油的成分主要有：油质、

胶质（胶质是一种黏性的半固体物质）

沥青质（暗褐色或黑色脆性固体物质）

碳质

那么，定义就出来了，石油是

由碳氢化合物为主混合而成的

具有特殊气味的、有色的可燃性油质液体

天然气是以气态的碳氢化合物为主的

各种气体组成的，具有特殊气味的

无色的易燃性混合气体

现在你懂了吗？

石油系统的分工

人的社会如同发达的树的根系

在大地之下蔓延，显规则和潜规则

决定了每个生命个体的分工

石油工业也一样，也形成了

自身的系统、分工和命运。比如，

物探，是专门负责利用各种物探设备

并结合地质资料

在可能含油气的区域内

确定油气层的位置的工作

钻井，是利用钻井的机械设备

在含油气的区域

钻探出一口石油井

并录取该地区的地质资料的过程

井下作业，是利用井下的作业设备

在地面向井内下入各种井下工具

或生产管柱以录取该井的

各项生产资料，

或使该井正常产出原油或天然气

并负责日后石油井的维护作业

采油，是在石油井的正常生产过程中

录取石油井的各项生产资料

并对石油井的生产设备

进行日常维护的过程

集中运输，是负责原油的对外输送工作

你可以想象那些运油车

和输油管道的运作

简直比雨前的蚂蚁还要忙乱

炼油，是将输送到炼油厂的原油

按要求炼制出不同的石油产品

如汽油、柴油、煤油等

这个系统工程

是现代人类生活的真正血液

构成了我们所有生活的基本面

石油的性别

石油是男的还是女的？
石油是阴性的还是阳性的？
石油是什么性别？

石油没有性别，石油是中性的
因产地而异，石油的密度为一立方米零点八克左右
黏度的范围很宽，凝固点差别很大
沸点范围为常温到五百多度
可溶于多种有机溶剂，不溶于水
但可与水形成乳状液

化学家的眼睛里
石油是另外的东西，比如
组成石油的化学元素主要是碳和氢
其余为硫、氮、氧和其他微量金属元素

镍、钒、铁等

由碳和氢化合形成的烃类

是石油的主要组成部分

约占百分之九十五以上

含硫、氮、氧的化合物对石油产品有害

在石油加工中应尽量除去

如同我们在麦田里除掉害虫

工程师告诉我，不同产地的石油中

烃类的结构和比例相差很大

但主要属于烷烃、环烷烃、芳香烃三类

通常，以烷烃为主的石油

称为石蜡基石油

以环烷烃和芳香烃为主的叫作环烃基石油

介于二者之间的，称为中间基石油

好了，现在，你就知道石油的性别了

作家赵均海告诉我：

"我国主要原油的特点

　　是含蜡较多，凝固点高，硫含量低

镍、氮的含量中等。钒含量极少

除了个别油田

原油中，汽油杂质少

渣油占三分之一

组成了不同类型的石油

石油的加工方法也有差别

应当分门别类进行处理

像大庆的原油的主要特点是

含蜡量高，凝点高

硫含量低，属低硫石蜡基原油

我这么说，是不是过于专业？"

我说："你说得很好

使我明白了什么叫作石油。"

陆梁油田（组诗）

沙漠油路

蜿蜒的，延伸的
是沙漠油路，像地下的根系伸展在地表

今年的雨水好，沙漠看上去不像沙漠
到处都是一丛丛一蓬蓬的绿色植物

我们的车子迎着太阳走
太阳有时在左面，有时候在右面

沙漠油路，像尺子，像一条软带
把生命线丈量

起伏的早晨的太阳光芒
映照在早晨的油路上，我们走在大路上

走在无人的荒野上
走在通往沙漠深处的陆梁油田的路上

沙丘逐渐地高大了起来
沙梁像海浪一样汹涌

沥青这石油的残渣
也是宝贝，把沙漠变成了通衢

有了沙漠油路
沙漠里就充满了生机

可以看见抽油机在不断地抽油
是沙漠上充满生机的另类动物

沙漠油路，如同动脉和静脉血管
一样连通了一个个的油井，一台台抽油机

也连通了一个个的希望之井
连通了所有的可能

我们疾速走过，一只蜥蜴抬起头
观察四周，然后快速地通过油路

沙漠中的石油工人

你是一团火苗吗
跳跃在枯燥的无尽的荒野上

火红的衣服，橘红色的衣服
鲜艳的、显眼的衣服

不会让你们在无人的荒野上走失
不会不被人看见

时间在沙漠上被拉长了
长得像新疆拉面一样

漂亮的小伙子和姑娘
沙漠中的石油工人穿着红衣裳

穿着红衣裳，是为了被对方看见
被苍鹰看见，被天空之眼看见

被看见，你走在沙漠的中央
那么醒目，真的像一团火苗在燃烧

在颤动，在大地上跳跃
在像红旗一样招展啊

一个人是一个点，确定了
圆周的点

一个圆周就是一个面
确定了一个工作面

一个队列的石油工人就是一串音符
把沙漠单调的节奏演化成旋律

沙漠中的石油工人
我认识你，首先是从衣服开始的

从你们如火的衣服开始

然后，我期待走入你们的生活和内心

陆梁油田管理区

我们来到了陆梁油田管理区
一群穿红色衣服的人在等待我们

他们的笑容朴实生动，这个叫唐学军
那个叫马刚，还有一个叫小井

他们带领我们开始参观
首先参观秩序井然的管理区

整个陆梁油田的管理区
是由长长的回廊连接的房子

最高的地方两层，其他地方一层
完全写字楼和宾馆化了

在回廊之外的空地上，是绿地
是树木和园林化的景观，如同花园

每个部门，每个房间
都有自己的职能和工作，都忙忙碌碌如工蜂

年轻人居多，中年人都很少
因为这里的工作需要活力

"在这里工作，我们都是倒班的
每个周末或休息日，我们都回到克拉玛依的家"

"虽然这里的生活有些单调和寂寞
而且有时候沙漠上的风非常大，吹得我们无法出门

但是却有着我们衣服的颜色，红色
这种颜色就叫火热的生活"

的确，安静的管理区，不大像油田
或者我印象中的油田

那种火热的场面，石油大会战
到处都是钻头在钻探，或井喷

是岩浆从地底下喷涌
是人海战术般的石油工业，完全改换了面貌

静悄悄的。是的，一切都自动化了
都无纸化办公了

看不到什么人，只有管理区的一个阳光大棚
植物茂密生长，水中鱼在欢快地游动

野生动物养殖

陆梁油田还有一个野生动物养殖场
成为油田的一道风景

我们靠近管理区的时候
狼狗在向我们狂吠，它们是在欢迎我们

除了那些狼狗，在这里我们看见了狼
是一群真的沙漠狼，用凶狠的眼光把我们打量

听说它们是被人从野地里捕获之后送来的
成了这个油田沙漠动物园的成员
刚好赶上给狼喂食，它们野蛮地争抢
不分老幼，只要你力气大，你就抢得多

这完全是丛林法则，在我们的眼前上演

不一会儿那些鸡肉都进到狼的肚子里了

然后，狼惬意地、敌意地和我们对视
看得我胆战心寒

这就是狼，真正的狼，和旁边的飞禽
形成了鲜明的对比

飞禽很多：沙漠野鸡、鸵鸟、鹌鹑
野鸭、受伤了不能飞的鹤，以及一只孤独的天鹅

都在唱歌，都在活跃地抖动翅膀
为了给我们展现它们的风姿

飞禽比走兽好看而亲切
鹤和天鹅一定比野猪让我们舒心

几头野猪，原来也是从沙漠上俘获的
如今和家猪交配生下了混血的黑色大猪

眼神仍旧是阴郁的，野蛮的
不信任人的，因为它的血统就是野猪的

但身形庞大滚圆，体毛短
走路都在喘气

还有马、牛、羊和毛驴
组成了这个油田管理区后面的动物园

从管理区到生活区，石油人生活在
沙漠中的写字楼和宾馆里

从生活区到动物园
石油人将穿越一片细心营造的园林

有小桥流水和石子路，还有一道明亮的溪水穿越
然后就是动物园的野趣了

小井说："如果我们感到了生活的单调和疲乏
我们就到动物园里，和这些野生动物交流一下

和狼对视

和飞禽一起挥动翅膀

和狗一起奔跑，和马交流，和牛羊咀嚼岁月和时光的滋味

然后，我们就感到活力重新在体内浮现

我们就像沙漠上顽强的动物和植物一样

在这里扎根，在这里打井、抽油

在这里把红色衣服的内涵阐释"

自动化的油田

陆梁油田建立在一片古代海床的大陆架梁上
荒无人烟的沙漠中，到处都是抽油机在工作

没有看见一个人。我觉得很奇怪
等到了一线的油田监测区，才明白了原委

远程监测油井和抽油机的工作
实现了高度的自动化

每台抽油机在沙漠上不停地磕头
石油人远在克拉玛依，二百公里之外的城市里

都看得清清楚楚。油井的产量、速度
都会得到控制。而这仰赖于一台先进的监测仪

还有一个摄像头，在抽油机上观察四周的动静
如果有人偷油，那他马上就会被发现

或者抽油机遇到故障，工作人员都会开车迅速赶到
因此，油井实现了千里眼管理

油井的产量也都实现了高度自动化
每口油井的流量都被控制得很好

这些单个的油井产出的原油，会被地下的管道
输送到附近的泵站，在泵站的小房间里

每口油井抽的石油和水在这里汇合
然后汇入更大的管道

流存到附近的原油分离站，在那里
经过了油和水的分离，成为真正的原油

先储存在大罐里，然后再通过管道
输送到百公里、千里之外的炼油厂

被分解炼成各种石油产品

和所有有用的东西，不断地延伸着石油的产业链

而这一切如今都是静悄悄的了

看不到什么人，少数几个石油人就坐在屋子里

眼前的电脑屏幕上，数字在不断地跳跃

那是每台抽油机、每个联合泵站的工作情况

那是油和水分离的状况，那是这个油田的各个作业区

的随时变化的即时表现

这就是现代油田，陆梁油田的生产

在静谧中，完成了抽油，分离油和水

以及把油输送到远方的炼油厂

悄然完成了石油从地下到人间的诞生过程

沙漠捡石记

在陆梁油田管理区之外，就是荒无人烟的戈壁了
沙漠蜃气在浮动
警告我们这里连最后一滴水都被蒸发了

马刚带领我们出来捡石头，一种漂亮的、润泽的沙漠石
它如今被疯狂的石头收藏者所喜爱

经过了沙石路的颠簸和震荡
经过了一番艰难的无路可走的探索，我们把车停在一片
荒滩上

洪荒时代的景象，被远处的油井所点缀
而洪荒的大地依然是荒凉的，除了我们来这里看看
能否收获石头

下午的太阳炽热，微风似乎很凉爽
我们步行在荒野上，埋头寻找石头，那种独特的沙漠石

比人手大的石头并不多，难以见到那种值得收藏的黄色
石头
一旦最普通的都被看成是宝贝，人们是不是都疯了

这已经被扫荡过的荒野上
这鸟都不拉屎的地方，什么都没有，只有风

汗流浃背的情况下，找了一个小时也没有什么收获
马刚索性带我去兜风，在戈壁上兜兜风

他驾驶越野车快速地穿越一片荒野，车轮和大地发出亲
吻的摩擦声
他把方向盘使劲地扭动，以避开那由暴雨冲刷出来的暗
沟和陡坡

他的眼睛可以看见中午的荒滩上闪烁的小玛瑙和小水晶
他的眼睛可以看见我们看不见的一切

"在这种地方你要是迷路了，不要着急，大太阳下面
你应该脱下衣服，挖到潮湿的地方，把衣服铺在那里

你趴下来，安静地用嘴和鼻子去闻那透过衣服的潮气
白天不要动，晚上再走路，你就可以在保持水分的情况
下长久生存"

马刚告诉我。看来这个年轻的石油人不仅熟悉了这里的
生活
连极端的可能性，都已经有了对付的把握

告别克拉玛依

飞机在飞升到空中的一刹那，太阳也升起来了
这是早班的飞机和早班的太阳

你好啊，太阳，我起飞了，你也起飞了
和我一起飞在新疆的大地上

往下看克拉玛依，是掀起了盖头的模样
在无垠的大地上，在沙漠和戈壁的边缘

一座城市星星点点地聚合，拉长
这就是美丽、干净、整洁的克拉玛依吗

这就是从无到有，从一到无穷的
克拉玛依吗

这一块宝地的下面，竟然埋藏了黑色的宝贝
地上崛起一座新城，地下都是水和油

以更大的尺度看，她就很小了，漂亮
如今有水的克拉玛依，依然像荒芜的世界上

刚刚寻找到了自己的位置的村镇
在不断地扩展。地质作用使大地显现了雅丹地貌

形成了贝壳纹路的形状
在大地上扩展。那些抽油机

像草和树木，在晨光中的大地上投下身影
随着飞机的高爬而逐渐缩小

克拉玛依，你的存在是一个奇迹
从几十年前的一无所有，到如今的高楼林立

到如今的富庶和繁荣，并成为一座
适合人安居的城市，被人们在嘴边赞扬

克拉玛依之夜（组诗）

灯

灯光把暗的天幕咬破了，璀璨的、华光四射的灯
把克拉玛依的夜晚点染得像一座钻石之城

城的灯，亮在沙漠和戈壁里
为迷失路径的候鸟指引方向，它们可以歇歇脚来喝水

灯是使夜晚充满了声音和香味的媒介
灯的变幻，把人脑弦中的音符拨动

城市的灯光形成了一片光明的海洋
在黑夜里确立了银河的中心

水

克拉玛依人过上了水节
因为额尔齐斯河的水从北到南一路走了过来

水是万物之源，干渠是城市的围巾
把这城打扮成了一个健康明亮的人

缺水的地方就是有病的
缺水的地方是鸟都不拉屎的地方

水，只有水，继续浇灌着人的梦
梦境中那草原、群山和童年会依次显现

树

树是城市的睫毛
在城的眼帘上生长

树，以站立的姿势，把一种风格确立
把石油人的内心书写

树，密集的、并排的树啊
你遮挡了什么样的冲击和风

克拉玛依的树不是树了
树是精灵，在夜晚走动，在白天里沉默如同老朋友

人

在夜晚，人是影子的追逐者
在水幕电影院，在草地上，这里的人在欢乐地笑

人的笑是可以感染的，我看见一个孩子
在看着那夜晚的音乐喷泉在笑

那么，我也在笑，我笑这微风中
我的少年时代那些发窘的事情
这一刻忽然在我眼前显现

这是美丽的动人的夜晚，人确立了大地的中心
每个人都想起了生命中需要感谢的人

辑三

闪电：截句集

闪电　就是雷鸣前的那一道
瞬息的亮光

你不再回来
我本身成为阴影

更大的黑暗必然要吞噬我们
在它来临之前，我还要搀扶你的胳膊

无数个名字都是一个名字
无数朵火焰都是一朵火焰
那都是你

你的眼神里有一丝调皮
是天山里的马鹿教会了你
矫健地逃走吗

我摩挲她留下来的物品
她的气息升起来
再次俘获我的灵魂

空白，是虚空，是空虚
是空，是白，是无色
空就是满，是痛苦的满

杜鹃花，杜鹃花
像欢腾的海浪在我眼前喧哗
那是无数神秘女子的化身吗

现在，月亮是那么圆
我有了这枚月亮
在属于我们的同一时空中

一个真正的女人给心爱的、想念的
远方的男人绣花，一针针一线线地
把她的全部心思都织绣进去

雁过无痕，人过无声
没踪迹

云还在移动
追赶它的箭已失踪

九十九条龙绞杀在这里
留下了龙骨
化作逶迤连绵而去的天山

得大自在
就是大自在

茶满了

茶杯空了，留有余香

茶又满了

一松开手

你就会在盐中会晤温暖的祖先

应该这样捕鱼：

把钓到的鱼装进竹篓

放入河中

说：要走的就走，要留的便留

水的外形，火的性别

点燃的是身体，无情而有情

酒，水，火——人，现出原形

我醒来，感觉到所有的梦
就像落在手中的雪花那样清晰
然后，迅速融化

隐痛是骨中之刺
在肢体内发作

我们还能不能回到最开始的地方
在那里，我们是两个孩子
单纯得如同两粒沙子刚刚相遇

天色将晚，时光仿佛凝滞了
我和你，安静如两匹草原上
交颈而立的骏马

我们说话，话语像活跃的鱼群
在我们的眼神和嘴唇上游动

你的两个酒窝像两只小小的杯盏
盛装着的，都是细碎的欢乐

你靠着我的肩膀，在班车上
颠簸使你疲倦地睡着了
多少年过去了，你的脸庞
似乎还停留在我的肩膀上

编织蓝色冰冻大海成为欢快河流的
是你的手指。把一种热情，织成长长的思念
成为一条平坦道路的，也是你——围巾织成

我是另一段波浪，和你平行涌动
在黑夜的浪脊线上

鸟用翅膀生存
或死亡
我用手掌托住生存
或死亡

在史书中隐现的历史不是历史
在阳光下延长的影子最不真实

一切的结局不是结果
仅仅是再一次的重复

春日鸡鸣，中秋犬吠

青山不碍白云飞

由它去

你倒在地上了

我也和你躺在一起

为了搀扶你

能说一丈，不如去做一尺

能说一尺，不如去做一寸

我走进玉米地

我和同我一般高的玉米

在北方的天空下，站成兄弟

金屑虽然珍贵
留在眼睛里也会得病

三宝是：佛、法、僧
也是：禾、麦、豆

接近了大海，背后没有天空
唯一的道路，消失在黎明中

两朵小花，开在芳草地
那里可曾是我们相遇
和约会的地方

上元节，夜的虚空，
烟花的碎钻填满我的瞳孔

沙中坠简
时光的遗言，我的偶然发现
重新定格在瞬间

空气、水、食物、人心
都坏了吗

见山，是山，见山，不是山，又是山
又不是山，不是山，还是山
到底还是不是山？

你真的以为强风吹起时
飞得最高的，不是垃圾？

云飞，树动，虫醒
事物在萌芽，春的消息
在乍暖还寒的风中传来声响

"喂，你掉东西了！"地铁里
一个假装孕妇的女人
她的棉垫假肚子掉落了，她坦然地笑了
给她让座位的我，却受伤了

澳门美高梅酒店长廊里的蓝色灭火器
那融化了大海和天空的蓝颜色
能否扑灭来自人的肉体和金钱欲望的
火焰红？

没有脸的幽灵，没有灵魂的走兽
在赌桌前赎买生命

东湖里的水满了吗

没有啊

下了这么长时间的雨，还没有满？

我看见云散月出，朗声大笑

十里东风吹花开，人们纷纷问消息

原来只是我在山顶大笑

那些在小区外的十字路口烧纸的人

真以为纸钱能带到他们死去的亲人那里？

陋习！陋习！

黑灰一堆堆，在清晨成为刺目的灰烬之坟

飞禽走兽，南来北往

带来了季节更替，也带来了不知名的病毒

汽笛声中，我走过长江大桥
它一直在流淌，就像它从来都在那里一样，而我
和二十三年前已大不一样

这个"一千零一夜"不是那本《一千零一夜》
在三里屯的这家餐厅里，吃着阿拉伯菜肴
我看见叙利亚经理在抽水烟
怀念着战火中的大马士革

人的面孔千人千面，互相打个照面
地铁里的瞬间，我们都朝相反的方向消失不见

夏天的呈现，是通过月季的逐月绽放
从花朵的内部映现的吗

冷淡菜一点也不冷淡
却有着川菜的豪放，手抓骨头和肉
一盆盆的菜，我们热烈地大口吃

赵红尘，你的梅花长卷长达四十九米
时光、记忆、色彩、宇宙的真面目全部显现

今年你七十一岁了，妈妈
而我还记得三岁的时候在山路上
你挑着水，我蹒跚地走在你的前面
挡着你的道，水溅湿了我的裤脚

白酒有魂，有香气，无形无迹无真容
却将千般滋味留在我心中

霾是雾？是尘？是灰？
让人的心境灰蒙蒙，脏兮兮

这场七月的大雨，与去年的有何不同？
大前年的七月二十三号的大雨，我没有出门
外面的北京城，却死了七十九个人

多好的晴天！是南水北调来的水
把北京的天空清洗得如此碧蓝吗？

心火盛，舌烂，背酸，脑袋疼
眼皮跳，气血不畅，神经衰弱
睡不着，心浮气躁，懒惰不想动
春困秋乏夏打盹，睡不醒的冬三月

威尔·史密斯在坠落的宇宙飞船里
指挥儿子奔袭一百公里，去寻找信号发射器
小子历尽艰险，面对狼虫虎豹大鹰怪兽
这一过程，是最好的成长经历

一片雪花落向我的手掌
我知道，紧接着还会有一场雪崩

我曾正步走过广场
为的是寻找发亮的理想

夏天的冰，是我睡在凉席上的梦
醒来之后，火的季节让我挥汗如雨

风信子花的消息
是被风带来的，这是肯定的

真相

在石头缝里保持着沉默

而青苔

是沉默的线索

在轻微到不易察觉的晕眩和摇摆中

我乘坐高铁，穿越了南北中国

那一年反对日货，我的日产汽车的引擎盖上

出现了两道长长的划痕

我一直没有去修复

为的是每天看到它，都让我的目光弯曲

一个人为了对付城管而假装尸体

结果天气炎热，他从小贩抬着的门板上一跃而起

逃走了。这是在武汉上演的一出滑稽剧

电梯杀人，深圳一个，沈阳一个，乌鲁木齐一个
真没有想到电梯还能杀人

雅拉河，穿越了墨尔本的白昼和黑夜
我看见城市在你的注目下飞起来了

我这个亚洲人
在墨尔本一个白人诗人开的"诗歌与思想"书店里
买了三十本英文诗集
这是他三个月来的第一次大开张

在澳大利亚大洋路，我看到海水狂暴地冲刷悬崖
岩石崩塌被摧垮，海浪退缩和进击
十二使徒有的倒地，有的还在前行

我的航线有九千公里，穿越了红色澳大利亚
蓝色的印度尼西亚、绿色的菲律宾以及墨绿的南海
伴随我的是白色云团，然后，飞机带我回家了
谢谢国航

九月的第一滴雨，掉落在我的脖颈
凉得让我发疼，受惊
这是秋天即将来临的提醒

青海花儿，炽烈的情欲火热的词
婉转的嗓音嘹亮的歌
在干燥的高地上书写了柔情

楼兰，无楼，无兰
一片废墟。我无言

东湖浩大无边，夜晚也落叶无声
时光宁静
只有水面掠过飞鸟才带来了动感

照片上，有一队游过长江的游泳健儿
忽然，上游漂下来的一具浮尸
不期而遇地加入了他们的队伍

今年的雨水特别丰沛
呼伦贝尔陈巴尔虎旗的荒漠草场都绿了
羊在欢呼

贝尔湖边，葡萄干玛瑙
在蓝天白云和青蓝湖水的映衬下
发出了橘红色的呼喊：
我在这儿！我在这儿！

台风刮过海南，海南变成孤岛
台风刮过广东，徐闻一片水泽
台风也刮过了我的心，它叫威马逊

春雨再贵，大地也消费得起
你看：一片油绿

云还在移动
追赶它的箭已失踪

日本人杀海豚，海豚湾里血红的海水
染红了我的眼泪

汉代烽燧已经在戈壁滩上站了两千年
像一个没了头颅的士兵
依旧坚守着阵地

201

满载牲畜的车驶向了屠宰场
我流泪了，我的确很脆弱

拈花人含笑不语，花瓣
在他的手上散落为春天